文春文庫

寒《かん》雷《らい》ノ坂《さか》

居眠り磐音（二）決定版

佐伯泰英

文藝春秋

目次

「居眠り磐音」

主な登場人物

坂《さか》崎《ざき》磐《いわ》音《ね》　元豊後関前藩士の浪人。藩の剣道場、神伝一刀流の中戸道場を経て、江戸の佐々木道場で剣術修行をした剣の達人。

小《こ》林《ばやし》奈《な》緒《お》　磐音の幼馴染みで許婚《いいなずけ》。琴平、舞の妹。

坂《さか》崎《ざき》正《まさ》睦《よし》　磐音の父。豊後関前藩の中老職。藩財政の立て直しを担う。妻は照埜《てるの》。

坂《さか》崎《ざき》伊《い》代《よ》　磐音の十一歳違いの妹。

河《かわ》出《で》慎《しん》之《の》輔《すけ》　磐音の幼馴染み。妻の舞の不義を疑って成敗し、自らは琴平に討たれる。

小《こ》林《ばやし》琴《きん》平《ぺい》　磐音の幼馴染み。舞と奈緒の兄。磐音によって上意討ちされる。

宍《しし》戸《ど》文《ぶん》六《ろく》　豊後関前藩の国家老。

中《なか》居《い》半《はん》蔵《ぞう》　豊後関前藩江戸屋敷の御直目付。

金兵衛《きんべえ》　江戸・深川で磐音が暮らす長屋の大家。

おこん　金兵衛の娘。今津屋に奥向きの女中として奉公している。

鉄五郎《てつごろう》　鰻屋「宮戸川」の親方。妻はさよ。

幸吉《こうきち》　深川の唐傘《からかさ》長屋に暮らす叩き大工磯次《いそじ》の長男。

今津屋《いまづや》吉右衛門《きちえもん》　両国西広小路に両替商を構える商人。

由蔵《よしぞう》　今津屋の老分番頭。

佐々木《ささき》玲圓《れいえん》　神保小路に直心影流の剣術道場・佐々木道場を構える磐音の師。

品川《しながわ》柳次郎《りゅうじろう》　北割下水の拝領屋敷に住む貧乏御家人の次男坊。母は幾代《いくよ》。

竹村《たけむら》武左衛門《ぶざえもん》　南割下水吉岡町の長屋に住む浪人。妻は勢津《せつ》。

笹塚《ささづか》孫一《まごいち》　南町奉行所の年番方与力。

権造《ごんぞう》　富岡八幡宮の門前にやくざと金貸しを兼業する一家を構える親分。

『居眠り磐音』江戸地図

新吉原
寛永寺
待乳山聖天社
向島
上野
浅草
浅草寺
不忍池
品川家
業平橋
北割下水
本所
竹村家
南割下水
柳原土手
両国橋
金的銀的
横川
竪川
今津屋
大川
鰻処宮戸川
六間堀
日本橋
猿子橋
小名木川
新大橋
鎧ノ渡し
深川
金兵衛長屋
八丁堀
霊岸島
永代橋
富岡八幡宮
佃島

護国寺
小石川
本郷
豊後関前藩
上屋敷
牛込
神田川
湯島天神
神田明神
佐々木道場
駿河台
市谷八幡宮
神保小路
内藤新宿
四谷
江戸城
麹町
四谷御門
平川天満宮
南町奉行所
数寄屋橋御門
溜池
原宿
愛宕権現
増上寺
芝
渋谷

寒雷ノ坂

居眠り磐音(二)決定版

第一章　寒風新宿追分

一

寒さに目を覚ました坂崎磐音《さかざきいわね》は夜具の中で身を縮めた。すると腹の虫が、

くうっ

と鳴いた。

米も味噌《みそ》も底をついて二日が過ぎた。

（なんとかせねば……）

と煎餅《せんべい》布団の中で考えたが知恵は浮かばない。

明和《めいわ》九年（一七七二）は、この年の十一月十六日に安永《あんえい》元年に改元された。

理由は二月の目黒行人坂《ぎょうにんざか》の大火や相次ぐ凶作を振り払って、人心を一新するた

めであった。

だが、深川六間堀町の金兵衛《きんべえ》長屋に独り住む坂崎磐音のもとには、明るい知らせはなにも届かなかった。

（寝ていても仕方ない、起きよう）

そう決心した磐音は、夜具から這《は》い出た。

ぴくり

と肩の傷が痛んだ。

ひと月前、両国橋で天童赤司《てんどうせきじ》との闘争で受けた刀傷はほとんど癒《い》えていた。が、ただ一つの稼《かせ》ぎ、宮戸《みやと》川《がわ》の鰻割《うなぎさ》きの仕事に戻るにはまだ手が利《き》かなかった。ひっかかりがあり、微妙な感覚がもどってこないのだ。

磐音は部屋の隅に夜具を畳むと手拭《てぬぐ》いをぶら下げて井戸端に行った。すでに長屋の男たちは出かけていた。

九尺二間の金兵衛長屋の住人は、棒手振《ぼてふ》りや職人たちばかりで、浪々の身は坂崎磐音ただ一人だ。

「旦那《だんな》、怪我《けが》はまだ治らないのかい」

水飴《みずあめ》売りの五作《ごさく》の女房おたねが、亭主の黄ばんだ越中褌《ふんどし》を洗いながら訊いた。

「もう大丈夫だが、鰻割きは結構手先が敏感でなければならぬゆえ、あと三、四日はかかろうな」

宮戸川の鉄五郎《てつごろう》親方からは、

「仕事はいいから朝餉《あさげ》だけでも食べに来なせえ」

という言付《ことづ》けを貰《もら》っていた。

朝の間だけ一刻《いっとき》（二時間）から一刻半（三時間）の鰻割きで七十文の手間賃に朝餉、これが宮戸川との契約だった。だが、仕事もまだできないのに飯だけ食べに行くのも心苦しかった。

磐音は顔を洗ったついでに、腹の足しに水を飲んだ。が、昨日から口にするのは水ばかりで、一口飲んでやめた。

「坂崎さん」

声に振り向くと、北割下水の貧乏御家人の次男坊品川柳次郎《しながわりゅうじろう》が長屋の溝板《どぶいた》の上に立っていた。

「品川さんか」

このところどちらも職に就いてなかった。

顔を見れば、この日の首尾も推測がついた。

「坂崎さんも腹一杯、飯を食べた様子はないな」

柳次郎はなんとも情けないことを言った。

磐音は、

「腹がたぷたぷと音を奏でて風流です」

と力なく笑った。

おたねが苦笑した。

「呆《あき》れたね、おまえさんたちには」

二人に切迫感がないのは独り身だからだ。

「これから内藤新宿《ないとうしんじゅく》に行きませんか」

「なんぞ仕事の口がありますか」

「それを探しに行くんです」

甲州道中の一の宿、内藤新宿は、日本橋と高井戸《たかいど》宿の四里の間に元禄《げんろく》十一年（一六九八）に開設された。だが、当時はまだ人の往来も物産の流通も少ない上に食売旅籠《めしもりはたご》ばかりが繁盛したので、幕府は、享保《きょうほう》三年（一七一八）に廃止した。

その後、江戸の町の拡大に伴い、内藤新宿の重要性が増した。そこで五十余年ぶりに再興されたばかりだった。

「半年前に内藤新宿のお許しが出たというので、女衒《ぜげん》や博奕《ばくち》打ちたちがどっと入り込んで遊び場所を建て、賭場《とば》を開いているらしい。御府内《ごふない》より仕事が見つけ易いと、仲間が知らせてきたんですよ。坂崎さんも同道しませんか」

「深川から通えますか」

「二里はたっぷりありますから、通うのは無理でしょう。だが、坂崎さんもおれも当座の仕事を見つけないと飢え死にだ。ともかく荒稼ぎの仕事を得ることです」

品川柳次郎は当てがある様子で、何日か泊まり込みになると言った。

「今、仕度します」

磐音は長屋に取って返すと古びた袴《はかま》を身に着け、備前包平《びぜんかねひら》二尺七寸（八十二センチ）と無銘の脇差《わきざし》一尺七寸三分（五十三センチ）を腰に差した。すると久しぶりの大小が腰に鉛でも提げたように重く感じられた。

空《す》きっ腹で内藤新宿まで歩けるだろうかと、磐音の頭を不安がよぎった。

「お待たせしました」

柳次郎と肩を並べて木戸口を出ようとすると、

「おや、二人してなんぞいい話かね」

と大家の金兵衛がどてら姿で立っていた。

「金兵衛どの、内藤新宿に仕事探しに参る。戻った暁にはきちんと家賃は支払いますぞ」

「内藤新宿といやあ、御府外かね」

金兵衛は江戸市中の外かと言った。

「ちぇっ、内藤新宿は立派に江戸の内だぜ」

江戸育ちの柳次郎が答え、

「大家どの、あてにしてていいぜ」

と言葉を継いだ。

「そんなとこまで行くこたあないと思うがね」

二人は金兵衛の言葉に見送られて、六間堀町から御籾蔵《おもみぐら》の脇を通り、新大橋を渡った。

「食いませんか」

柳次郎は懐《ふところ》から紙包みを出して広げた。

白い粉をふいた乾燥芋だ。

「おお、これはうまそうだ」

蒸した薩摩《さつま》芋を乾燥させると糖分が増して、空腹の磐音には、

（なんとも美味……）

だった。

「母上が拵《こしら》えたんです」

柳次郎の言葉はいつになく優しく響いた。

「これでなんとか歩けそうだ」

磐音と柳次郎の二人は新大橋で大川を渡ると大名諸家の江戸藩邸が並ぶ大川右岸沿いを進み、江戸城に向かう川沿いの小網河岸に出た。さらに江戸橋を見ながら堀留に架《か》かる思案橋、荒布橋と次々に小さな橋を渡り、地引河岸、中河岸、芝河岸を西に向かった。この界隈《かいわい》の右手は、「一日千両を稼ぐ」という魚河岸が広がり、魚の匂いが漂っていた。流れにも漁り舟が舳先《へさき》を揃《そろ》えて止められている。

さらに正面に日本橋が架かり、江戸城が間近に望めた。

ちなみに日本橋が架かる川に公の名はない。江戸時代後期、

「一石橋より大川出口迄川筋」

と長さ一里ほどの流れを記したという。だが、日本橋のかたわらの魚河岸の兄さん連中がこのような長ったらしい呼び方をするはずもない。

「日本橋が架かる川だよ。だからって日本橋が架かる川なんてだれが呼ぶよ、川筋だけじゃ他の流れとごっちゃになって紛らわしいや。だからよ、この界隈じゃ日本橋川と呼ぶな、まあ、里名だな」

この日本橋川が正式に認められるのは明治時代になってからだ。

さらに二人は御城に向かうように西に進み、日本橋で東海道に出た。この日本橋が五街道の基点である。

若い二人の足は早い。

数寄屋《すきや》橋御門外から虎御門外、赤坂御門溜池《ためいけ》から四谷御門と、城を右回りに半周して、四谷大通りに出た。

通りに沿って町屋が薄く伸び、その背後には御先手組《おさきてぐみ》の組屋敷などが広がっていた。そんな組屋敷からお店《たな》の小僧が風呂敷包みを背負って出てきたりした。

下級武士の家ではどこも内職をしていたために、小僧が羽子板の絵付仕事を集めて回っているのだ。

「肩の具合はどうです、刀は遣えますか」

「三、四日前から素振《すぶ》りはしています。ひっかかりもなくなりましたから、もう大丈夫です」

「坂崎さんが頼りだからな」

柳次郎がぽつんと言った。

「なにか仕事の当てがあるんですか」

「ここまできたら、坂崎さんも嫌とは言うまい」

磐音が柳次郎を見た。

「いえ、お上の定法に触れるようなことではありません」

「なんです」

「まあ、喧嘩《けんか》の助っ人です」

「助っ人？」

磐音が呆れて見た。

「四月に内藤新宿が再興されたについては、食売旅籠の主《あるじ》たちの要望が強いんですよ。いえ、表立って、お上は食売の届を聞き入れてはくれません。そこで駒場、四谷あたりに将軍家がお成りのときに御鷹《おたか》御用宿を務めるという名目でお許しを得たんです。むろん百五十人からの食売女が聞き届けられた裏には大金が動いています……」

柳次郎は事情に精通していた。

行く手に大木戸が見えてきた。

「あの木戸口から下町、中町、上町と、東西九丁十間、南北一丁たらずが新宿です。中町に太宗寺があるんですが、この門前の縄張りを巡って、四谷大木戸の金貸し、黒木屋左兵衛《くろきやさへえ》と上町の渡世人、新場《しんば》の卓造《たくぞう》が張り合っていましてね、双方が助っ人を集めているのです」

「喧嘩になりそうなのですか」

「さあね、私の勘では血の雨が降るほどの出入りにはならないでしょう」

磐音と柳次郎は元和《げんな》二年（一六一六）に設けられた大木戸に差しかかった。

元々大木戸は江戸城下への入口という意味だから、金兵衛がその外の内藤新宿を御府外というのも間違いではない。

道の両側に石垣が積まれ、番屋があった。辻駕籠《つじかご》が客待ちし、馬が荷を積んで往来していた。

「うろんな者たちを宿場に集めるのを、お上がよく黙っておられますな」

「坂崎さん、そのうろんな者がわれらです」

「そうか、そうでしたね」

「こんなことでもないと一日二分は貰えません」

「えっ！　一日二分にもなるのですか」

「左兵衛と卓造の双方が腕のいい者を競い合って、手間賃が二分まで高騰《こうとう》したと、新八《しんぱち》が知らせてきたのです」

安藤《あんどう》新八は柳次郎同様、貧乏御家人の三男坊で、磐音とも知り合いだ。

「安藤さんはどちらについておられます」

「新場の卓造一家に身を寄せているそうです」

「われらもそちらに参りますか」

「まずは様子を見てみましょう」

二人の行く通りの左右では、旅籠なのか、大工が入って仮普請《かりぶしん》のところもあれば、すでに食売女が格子《こうし》もない板の間から手招きしているところもあった。

宿場の中程に普請中の建物は、どうやら本陣と脇本陣のようだ。

元々甲州道中を利用する参勤交代の大名家は、内藤新宿のいわれになった高遠《たかとお》藩内藤家、飯田藩、高島藩と限られ、あとは甲府勤番や八王子千人同心くらいだった。それが立派な本陣が造られていた。

「どいたどいたどいたっ！」

飛脚が走り、犬が吠《ほ》え、女たちが作り声で呼びかけ、物売りの売り声が響き、馬が音を立てて小便をしていた。

猥雑《わいざつ》で喧《かまびす》しいが、今まさに開拓されようとする新しい宿場の息吹が感じられた。だが、新宿を巡って二つの勢力が争い、刃傷沙汰《にんじょうざた》になりそうな雰囲気は感じられなかった。

「このへんのはずだがな」

柳次郎は、新場の卓造一家の根城の旅籠をきょろきょろと探した。すると二十畳ほどの板の間から女が呼びかけた。

「ちょいと様子のいいお侍さん、昼遊びしていかないかい」

厚化粧の大年増《おおどしま》だ。

「姐《ねえ》さん、それより新場の親分の旅籠を知らないか」

「なんだ、用心棒に雇ってもらおうという文無しかい」

「稼いだらおまえらを総揚げにするぜ」

「けっ！」

と吐き捨てた食売女が手で床を指した。

「なんだ、ここが卓造親分のところか」

「用心棒ならもうたっぷりいらあ。頭下げても断られるのがオチさ」

「遅かったかな。姐さん、安藤新八という侍がいるはずだ、呼んじゃくれまいか」

柳次郎は懐に残っていた乾燥芋を年増女に差し出した。

「なんてこった、芋で女を釣ろうとしてやがるよ」

「懐に銭なんぞ一文もないんだ、芋で我慢してくれ」

女は芋を包みごと引ったくると、

「あのお侍は弾《はじ》き出されたよ」

「弾き出されたとはどういうことだ」

そのとき、玄関先で、

「親分、行ってらっしゃいまし」

と言う叫び声がして、縞《しま》の羽織を着た小太りの男と瘦身《そうしん》の剣客が通りに出てきた。小太りの男が新場の卓造らしい。

二人は子分たちに見送られて中町の方に歩いていった。

「神道無念流《しんどうむねん》の三浦夕雲《みうらせきうん》先生が用心棒の腕試しをされて、からっきし駄目な奴は弾き出されたのさ。あんたの仲間はその中でも一番だらしなかったよ」

「なんてこった。わざわざ深川くんだりから遠出してきたというのにな」

柳次郎はがっくりと肩を落としたが、

「姐さん、新八がどこにいるか知らないか」

と訊いた。

「天竜寺門前の茶店で使い走りをしていたよ」

柳次郎は小さな声で礼を言い、

「坂崎さん、あてが外れた。すまない」

と謝った。

「気にすることはありません。新宿を見物に来たと思えばいい」

磐音はのんびり答えると言った。

「安藤さんの顔を見ていきましょうか」

「あいつの顔を見ても一文にもなりませんよ」

そう言いながらも足を天竜寺に向けた。

天竜寺は元々遠江《とおとうみ》の掛川《かけがわ》宿にあったものだ。

それが家康の江戸入国に従い、江戸に移り、天和《てんな》三年（一六八三）に火事に遭って新宿の地に山門を構え直していた。

天竜寺の名物は明和四年（一七六七）に笠間《かさま》藩主が寄進した時鐘で、甲州道中谷保《やほ》村の鋳物師孫兵衛《まごべえ》が造った、江戸の三名鐘の一つであった。

二人が天竜寺の門前に佇《たたず》み、どうしたものかと思案していると、

「柳次郎」

と鐘撞《つ》き堂から声がかかった。

二人が見上げると安藤新八が箒《ほうき》を手に立っていた。

「寺の本堂の下に寝泊まりさせてもらう代わりに、境内《けいだい》を掃き掃除する約束なんだが、あまりにも広くて小憩していたところだ」

安藤新八はそう言うと箒を投げ出して石段を下りてきた。

「坂崎さん、よく来られました。これで助かった」

「なにが助かっただ。おれたちはおまえを当てにわざわざ深川から新宿くんだりまで遠出してきたんだぞ。それが追い出されただと……」

「柳次郎、そう言うな。わけもあるんだ」

そう言った新八は、

「坂崎さん、腹は減っていませんか」

と訊いた。

「新八、飯を食う当てがあって訊いているんだろうな」

磐音が答える前に柳次郎が詰問した。

「まあ、まかせておけって」

新八は二人を門前町の裏通りの奥に連れ込んだ。するとそこには掘っ建て小屋が櫛比《しっぴ》して、女たちが狭い路地で洗濯をしたり、男たちが所在なげに無精髭《ぶしょうひげ》の生えた顎《あご》を撫《な》でたりしていた。一帯になんともいえない異臭が漂っていた。

「おばば、おるか」

新八が戸の代わりの筵《むしろ》を捲《めく》って顔を突っ込み、声をかけた。ぼそぼそとした返事が洩《も》れると、新八が二人にどうぞと笑い、筵の向こうに姿を消した。

本所深川のうさん臭い場所を熟知している柳次郎も二の足を踏みそうになった。

「後学のためです、入りましょうか」

磐音がおっとりと笑いかけ、柳次郎も覚悟を決めて筵の奥に入った。するとそこには三畳ほどの板の間が広がり、天井の一角に開けられた穴から薄暗い明かりが落ちていた。

部屋の奥には間仕切りがあって、向こうに老婆が一人いた。

「酒と、なんぞ食う物を出してくれぬか」

老婆がにゅっと手を出した。

「今日は持っておるぞ」

新八が薄汚れた縞の財布からなにがしかの銭を出した。

それを受け取った老婆が、縁の欠けた徳利と茶碗《ちゃわん》を三つ寄越した。

「食べ物もおいしいですよ」

新八は慣れた様子で、徳利から濁り酒を三つの茶碗に注《つ》ぎ分けた。

「坂崎さんの快気祝いだ」

新八はそう言うと茶碗に口をつけた。

磐音も口に含んだ。

鄙《ひな》びた酒の風味が舌から喉《のど》に広がった。

柳次郎はごくりと喉を鳴らして飲み干し、

「ふうっ」

と一つ息を吐《つ》いた。

二

「事情《わけ》を話せ」

柳次郎が新八に命じた。

「新場の卓造と黒木屋左兵衛が角突《つの》き合わせているのは、内藤新宿の食売旅籠を独り占めしようという魂胆《こんたん》の他に、太宗寺の末寺、地蔵院で開帳する賭場の権利を巡って争っているからだ。地蔵院では、卓造と左兵衛の二人を競わせて、寺銭《てらせん》を吊《つ》り上げようとしている」

「坊主め、欲深いな」

「それで、二人ともものっぴきならないところに追い込まれた。黒木屋は子分の他に、四谷あたりの御家人を十五、六人揃えている。頭分《かしら》は根来《ねごろ》百人組組頭の大村《おおむら》陵角《りょうかく》という男だ」

根来百人組とは御鉄砲衆だが、平時の今は大手三ノ門の番士を務めていた。三十俵三人扶持《ぶち》から十五俵二人扶持の小禄《しょうろく》で、内藤新宿裏の組屋敷に住んでいた。

幕府の下級武士である百人組は貧乏の別称ともいえた。

根来衆も共同の敷地、大縄《おおなわ》地の空き地を利用して女たちが内職の躑躅《つつじ》栽培に精を出し、江戸の名物になっていたほどだ。

だが、女たちの内職だけでは暮らしが立たず、根来衆は密《ひそ》かに戦闘集団の腕前を町人に売る稼業《かぎょう》に手を出していた。

幕府もご奉公に差し支えなくばと黙認した。

「新場では渡世人を二十人ばかり集めたが、根来衆の黒木屋の方に分《ぶ》がある。そこで、熊野十二社《じゅうにそう》で怪しげな道場を開く、神道無念流の三浦夕雲を連れてきたというわけだ」

「で、新八は腕試しではねられたのか」

「乱暴な野郎で、腕を折られた者も出た。だからおれは、徹底的に逃げ回って、わざと追い出されるように仕向けたんだ。まともに立ち合えば、間違いなく残れた」

新八は虚勢を張ってみせた。

「どうだかな」

「柳次郎、おれは本気で喧嘩の助っ人をする気はないんだ。そこそこに銭が稼げればと内藤新宿に来た。それがどうも新場と黒木屋は本気でぶつかる気配だ。命あっての物種だからな」

「お上は両派を止めようとはなさらないのですか」

磐音が訊いた。

「そこなんです。噂《うわさ》ですが公儀は両派を煽《あお》って戦わせ、互いを自滅させようと狙《ねら》っているというのですがね。そこまではどうも疑わしい」

新八は頭を捻《ひね》った。

新八さん、という老婆の声がした。

丼《どんぶり》に盛られた煮物が出てきた。

「新八、こりゃなんだ」

柳次郎が鼻を摘《つま》んだ。

「兎《うさぎ》の肉だ、結構いけるぞ」

おれはいい、と柳次郎が手を振った。

「いただこう」

磐音が箸《はし》で摘むと独特な香りが鼻孔を刺激して、口に入れると肉汁が一杯に広がった。

「おばばどの、これは美味《おい》しいな」

国の豊後《ぶんご》関前《せきまえ》では猪《いのしし》の肉も野兎も食べた。

老婆が声もなく笑った。歯が一本もなかった。

「坂崎さんが来れば鬼に金棒《かなぼう》だ」

新八が兎の肉を口に放り込んで言った。

「安藤さん、それがしが見た宿場は一触即発という雰囲気ではなかったが」

「昼と夜では内藤新宿は一変します。両派が小競《こぜ》り合いをやったあとがあちこちで見られますよ。死骸だって転がっていることもあります。天竜寺の四つ（午後十時）の時鐘が鳴ったあとが見物です」

新八が嬉《うれ》しそうに言った。

柳次郎が磐音の顔を見た。

「ここまで来たんです。もはや手ぶらで深川に帰るわけにはいきませんよ」

柳次郎が頷《うなず》いた。

「ただ、両派ともに人数を揃えて、新たに人は雇っていないんだ。それに勢力が拮抗《きっこう》して膠着《こうちゃく》状態で、親分たちがなんと言おうと見回り組は怪我人が出るようなぶつかり合いは避けている」

「見回り組が新宿を巡視するのですね」

磐音が訊いた。

「ええ、両派は見回りを出して、うちの縄張りだとそれぞれが主張してるんですよ」

「どっちが金の払いはいい」

柳次郎が訊いた。

「飯は黒木屋、女は新場って噂が流れていたが、払いはどちらもちょぼちょぼかな」

「とにかく夜を待ちましょうか」

と言った磐音は、

「おばばどの、飯を一杯恵んでくれぬか」

と頼んでみた。

老婆は磐音の顔をじっと見ていたがこくりと頷いた。


天竜寺の時鐘が四つを打った。

新場の卓造の食売旅籠甲州屋から七人の見回り組が出てきた。

先頭の男が新場組と書かれた提灯《ちょうちん》を下げていた。

五人のやくざの中には長脇差に竹槍《たけやり》を携えている者もいた。

二人の浪人者は擦《す》り切れた袴の股立《ももだ》ちをとっていた。

一行は上町から中町へと下り、太宗寺の門前を過ぎたところで左に折れた。すると急に辺りが暗くなって、先頭の男が持つ提灯の明かりが頼りになった。

「竹、気をつけろ。この前はいきなり提灯持ちが襲われたからな」

「兄い、脅《おど》かしっこなしだぜ」

竹と呼ばれた子分が足を止めた。

「今夜は倉田と相原の旦那がついておいでだ、心配ねえよ」

「先生、おれの脇に来てくんな」

竹が泣きついたので、浪人者が提灯持ちのかたわらに来た。

一行は再び進み始めた。

地蔵院の門前では別の明かりがちらちらとしていた。

「兄い、黒木屋だぜ」

二つの明かりは賭場に予定されている地蔵院の門前で鉢合わせした。

「黒木屋、ここはおめえらの縄張りじゃあねえ。さっさと四谷に退《さ》がりやがれ！」

「なにおっ、地蔵院の和尚《おしよう》からうちの旦那がよろしくと頼まれてるんだ。おめえらこそ、尻《しり》をからげてとっとと食売宿に帰りやがれ！」

鉢合わせした二組の兄貴株が罵《ののし》り合った。

だが、動く気配はない。

「こりゃ、喧嘩には程遠いな」

磐音のかたわらから柳次郎が呟《つぶや》いた。

三人は、両派が数間おいて対峙《たいじ》するさまを地蔵院の前の空き地から見ていた。

「柳次郎、そうなんだ。親分がなんと言おうと、出先では怪我人を出してまで本気でぶつかる気はないんだ。日当を稼げればいいんだからな」

「ちぇっ！　見物にもならねえな」

柳次郎がぼやき、磐音に言った。

「坂崎さん、何か知恵はないかな」

「そうですね、私たちも生計《たつき》がかかってますからな」

磐音は懐から手拭いを出すと頰被《ほおかむ》りをした。

近くにあった三尺ほどの棒を手に、いったん暗がりに姿を没した。

「ああっ！」

という悲鳴が上がったのは新場の後ろからだ。

「黒木屋め、別動組を隠してやがるぞ！」

新場に動揺が起こり、それに乗じたように黒木屋一派が襲いかかった。

両派が入り乱れて衝突した。

今度は黒木屋の一角から悲鳴が上がった。

「ああうっ！」

「ぐえっ！」

衝突する両派の間を一陣の突風が吹き荒れて、棒が振るわれる度に一人ふたりと手を抱え、足を打たれて倒れていった。

今度は新場が勢いづいて押し込んだ。

「やれ、この際だ。徹底的に叩《たた》っ斬《き》れ！」

磐音はふたたび闇《やみ》に溶け込んだ。

しばらくすると、

「町方のお出張《でば》りだぞ！」

という叫びが起こった。

「やばい、逃げろ！」

「くそっ、引け引けっ！」

兄貴株がそれぞれ声を張り上げて、両派は左右に分かれると後退していった。

「こんなものかな」

暗がりから磐音が姿を見せて、頬被りを取った。

「おれたちを売り込めるかな、坂崎さん」

「まあ、明日には分かりますよ」

「仕方ない、今夜は天竜寺の床下に寝るか」

文無しの三人は地蔵院から立ち去った。


四谷大木戸の黒木屋は元々辻駕籠屋だった。それが内藤新宿の廃止に伴い潰《つぶ》れて、先代が御家人などを相手に小金貸しを始めていた。今でも辻駕籠の暖簾《のれん》を掲げた店の裏で、本業になった金貸しをしている。

坂崎磐音たち三人が黒木屋の店の表に立ったのは昼前のことだ。

くうっ
と磐音の腹の虫が鳴き、それが柳次郎にも移った。

よし、と覚悟を決めた磐音が暖簾を跳ね上げた。柳次郎も新八も続いた。

「ごめん」

辻駕籠が元々の商いだっただけあって、三和土《たたき》は広々としていた。

隠れ金貸しをしているお上への言い訳か、長いこと使われていない駕籠が天井の梁《はり》にも吊《つる》され、数挺《ちょう》が土間の片隅に置かれてあった。

磬音が声をかけたが、奥から怒声が響き渡っているものの、だれも出てこようとはしなかった。

「あんたら、それでも根来衆か。ええ、相手はやくざ者じゃないか。半端者相手に侍が四人も五人も手を折られた、足を怪我しただと。その上、治療代をよこせとは了見違いも甚《はなは》だしいんじゃないか。おまえさん方には三年先の扶持まで貸してあるんだ。ちったあ、働け！」

黒木屋左兵衛の怒鳴り声だった。

「黒木屋どの、相手にもそこそこ怪我は負わせた」

「それに、なんとも強い野郎が一人加わっていてな、つい油断した」

ぼそぼそとした声の二人が言い訳をした。

「ごめん！」

柳次郎が声を張り上げた。奥座敷まで届いたか、奥から足音が響いてきた。

「なんですね」

番頭風の男が磬音らを見た。

「こちらで人を雇っておられると聞き及んでな、御府内から出て参った」

柳次郎が用件を述べた。

番頭はじろじろと三人の風体《ふうてい》を見ていたが、

「旦那！」

と奥へ声をかけた。すると蚊とんぼのように痩《や》せて顔色の黒い男が長羽織をだらしなく着た姿を見せた。根来衆か、頭分らしい男と手下《てか》が二人ばかり従っていた。

「用心棒に雇ってくれですと」

左兵衛が手を振って、

「種蔵《たねぞう》さん、何を言ってるんだね。代わりは組屋敷からいくらでも連れて来られるじゃないか」

と言うと奥へ引っ込もうとした。

「あいや、しばらく。われらは少々腕に自信がござってな。神保小路《じんぼうこうじ》の直心影流《じきしんかげ》佐々木玲圓《ささきれいえん》道場の免許持ちでござる」

品川柳次郎は勝手に磐音の師の名まで持ち出し、それも誇張して言った。

「なにっ、佐々木道場の免許持ちだと」

根来衆を率いる与力の膳所三五郎《ぜぜさんごろう》が柳次郎を睨《にら》んだ。

「嘘《うそ》ではあるまいな」

柳次郎が胸を張ったとき、

「おまえは新場を追い出された腰抜け侍だな」

と番頭が安藤新八を睨んだ。

「なにっ！　こやつら新場を追い出されてうちに売り込みにきたか」

「いや、それは」

柳次郎が狼狽《ろうばい》した。

左兵衛が奥に入りかけようとしたとき、膳所が昨夜の汚名を返上しようと考えたか、

「黒木屋どの、こやつらをこのまま帰しては、あとあと増長する者が続くことになる。叩きのめして追い返そうか」

と言うと三和土に飛び下りた。

柳次郎はするりと後退して磐音と代わった。

その磐音がのんびりと訊いた。

「黒木屋どの、われらが試し試合に勝てば雇ってもらえるかな」

足を止めた蚊とんぼの金貸しが黒い顔を向けて、

「膳所さんは根来伝来の剣の遣い手、おまえさんが勝てば考えてもいいが」

「三人でいくらいただけるかな」

磐音の後ろから柳次郎が訊いた。

「新場から追い出されたクズと一緒なら、三人で一日一両が相場だ」

「渋いな」

柳次郎が応じた。

「うるさい！　そなたらが黒木屋に雇われる心配はないわ」

膳所がいきなり剣を抜き、上段に振りかぶった。

真剣勝負になった。

「では……」

磐音は備前国の鍛冶《かじ》が鍛えた大包平二尺七寸を抜いて峰に返した。

「おのれ」

それを見た膳所三五郎の眉間《みけん》に青筋が浮かび上がった。

磐音は峰に返した剣を右前に、大帽子《きつさき》を地面に下げた。

「いつでも」

磐音の声が長閑《のどか》に響いた。

磐音の構えを、

「……春先の縁側で日向《ひなた》ぼっこをしている年寄り猫のようじゃ。眠っているのか起きているのか、まるで手応《てごた》えがない。こちらもつい手を出すのを忘れてしまう。居眠り磐音の居眠り剣法じゃな」

と評したのは、豊後関前藩の城下で道場を開く師匠の中戸《なかと》信継《のぶつぐ》だ。

磐音は神伝《しんでん》一刀流を幼き折りから修行した後、江戸に出て佐々木玲圓道場に入門し猛稽古《もうげいこ》に耐えて目録を得ていた。

この佐々木道場の目録は、他の道場の免許皆伝に匹敵すると言われていた。

ともあれ、佐々木道場の修行でも居眠りの剣風は変わらなかった。

一見、構えがゆったりして緊張がないように見受けられる。

膳所三五郎も磐音をそう見た。

「おのれ、女剣法が……」

上段の剣を背につけんばかりに反《そ》り返らせ、踏み込みざま、一気に磐音の眉間に振り下ろした。

春風がそよと吹き抜けた。

磐音がふわりと前へ出たのだ。出ながら、峰に返した剣を擦り上げ、大きく振り下ろされてくる膳所の剣を、

ぱーん

と軽く弾いた。すると膳所の手から剣が飛び、天井の梁に吊された駕籠に突き立った。

「うっ」

立ち竦《すく》んだ膳所三五郎は慌《あわ》てて脇差の柄《つか》に手をかけた。

中腰のままだ。

春風がつむじ風に豹変《ひょうへん》した。

磐音が振り向きざまに振り上げた大包平が、膳所の肩口を鋭く襲った。

峰に返された二尺七寸の豪剣がぴたりと肩に止まった。

中腰の膳所三五郎が腰砕けにずるずると三和土にへたり込んだ。

ぱちん

と乾いた音を立てて大包平が鞘《さや》に納められた。

「よし、雇おう」

蚊とんぼの左兵衛が言った。

「一人頭、二分」

すかさず柳次郎が叫んだ。

「おまえさんだけだ、あとの二人は帰ってくれ」

番頭の種蔵が叫び返した。

「そうはいかぬ。われら三人は一心同体だ」

「なら、仕方ないな」

「ついでに今日の分は前渡しにしてくれ。三人とも空っけつだ」

柳次郎の言葉に、左兵衛が種蔵に顎で命じた。

「膳所さん、あんたらの給金は考えさせてもらうよ」

左兵衛はそう言うと奥へ引っ込んだ。

「ちくしょう！　覚えておれ」

膳所が外に飛び出し、そのあとを仲間が追った。

「種蔵さん、ついでにすまないが昼餉《ひるげ》を馳走《ちそう》してくれないか」

柳次郎が番頭に言った。

「台所に行って女たちに言いなされ。今日の前渡し分はそちらに持っていきますでな」

新八が小さな声で、

「やった」

いた。

磐音たちが台所に行くと、女たちが鰯《いわし》の煮付けと大根の味噌汁を竈《かまど》で調理していた。

「おい、姐さん、おれたちは新入りだ、まずは腹拵えをしたい。三人前、よそってくんな」

まるで職人のような口調で柳次郎が頼んだ。

「また腹っ減らしを雇ったか」

姉さん株が柳次郎を睨んだ。

「まだ鰯に味が染みてないよ」

「味なんぞどうでもよい。何日もまともに飯を食ってないんだ、早いとこ頼む」

と頭を下げた。

「呆れたお侍だね」

と言いつつ、姐さんはそれでも膳《ぜん》の用意をしてくれた。

三人は鰯の煮付けで丼三杯の飯を掻《か》き込んだ。

「ふーう」

柳次郎が満足の吐息をついたところに種蔵が日当を持ってきた。

「あんたら、無駄飯は許しませんぞ。とにかくうちに雇われたからには、勝手に外に出てはなりません」

種蔵は二階の部屋に控えておれと命じると一分二朱を差し出した。

「一人頭二分と言ったぞ」

柳次郎が抗議した。約束したよりも一両一分近くも少なかった。

「今日は半日分の一分。明日からは一人一日二朱の飯代を差し引きますぜ」

と種蔵が非情にも言い渡した。

三

磐音たちは夕刻までぐっすりと二階で眠った。

階下からは里芋を煮付ける匂《にお》いが漂ってきた。

「これで酒がつくと文句はないのだがな」

柳次郎が贅沢《ぜいたく》を言った。

「高望みというものです」

磐音が笑った。

「お三人さん」

種蔵の声が階下からした。

磐音を先頭に階段を下りると、

「旦那様が地蔵院に出かけなさる、付き添ってください」

と命じられた。

「急いで食事を済ませます」

柳次郎が台所に行きかけると、

「うちには今やあんたらしかいないのです。そんなもん、あとあと」

と一蹴された。

仕方なしに磐音たちは玄関先に下りて左兵衛を待った。

蚊とんぼの左兵衛は碁盤《ごばん》縞の袷《あわせ》の上に共布《ともぎれ》の羽織を着て、出てきた。

「ほれ、おまえさんは包みを、そっちの男は提灯を持ちなされ」

種蔵に命じられて柳次郎は風呂敷包みを、新八は提灯を持たされた。

手ぶらなのは磐音だけだ。

「昨日の今日です、旦那様が新場の卓造一家に襲われないとも限りません。しっかりお守りするんですよ」

種蔵に命じられて三人は、ひょろりとした左兵衛を囲むように大木戸に向かった。

左兵衛は大木戸を越えたところで、馬糞《ばふん》が舞う通りを避けて裏通りに入った。そこは百人組与力大縄地、組屋敷が並ぶ通りだった。

「おまえさん、名はなんだね」

左兵衛が磬音に呼びかけた。

「坂崎磬音と申します」

「普段はなにをしていなさる」

「鰻割きです」

「鰻割きじゃと、また変わった内職ですな」

左兵衛が黒い顔に笑みを浮かべた。

「今日は地蔵院で講話にございますか」

磬音がおっとりとした声で訊いた。

苦笑いした左兵衛が、

「坊主ほど欲深い人間は世の中に見当たらないね。うちと新場を競わせて寺銭の吊り上げだ。大方、今日もその話だろうよ」

と本心を洩らした。

「新宿を二つに分けて、賭場も二つというわけにはいきませんか」

「見てのとおり、新宿はまだかたちになってないのでな。客を二つにふり分けるほど余裕はないんだよ」

「となると新場か黒木屋どののどちらか」

「競い合った方がおまえさん方は金になる。うちはえらい物入りだ」

左兵衛は吐き捨てた。

「安藤さん」

磐音が注意を呼びかけた。

四人は前後を挟《はさ》み込まれるように囲まれた。

「膳所さん、なにか用事ですか」

新八の照らす明かりに膳所三五郎の顔が浮かんで、左兵衛が呼びかけた。

「黒木屋、長年の付き合いを捨てて、どこの馬の骨とも知れぬ男に警護を任すか」

膳所のかたわらに立つ黒羽織が低い声で尋ねた。

「これは組頭の大村陵角様」

「われらは将軍家供奉《ぐぶ》を任務とする根来衆、金貸し風情《ふぜい》に簡単に愛想尽かしされたのでは面目《めんぼく》が立たぬ」

「とは申されますが、うちは一人頭二分の日当を払っております。それだけの働きをしていただかないことには、野良犬にただ飯を食わせているようなもの」

左兵衛も平然と言い返した。

「われら根来衆を野良犬と申したな」

大村が片手を上げた。

前後の武士が抜き連《つ》れた。

「大村様」

磐音がのんびりとした声で呼んだ。

「いくら大木戸外とはいえ、大勢が真剣を交えて闘争に及ぶのは、お上の手前差し障《さわ》りがございましょう」

「組頭、こやつの手ですぞ」

膳所が叫んだ。

「どうです。それがしと根来衆五人との木剣試合というのは」

磐音が膳所の言葉など聞かなかったように長閑に提案した。

「根来をそれほどまでに蔑《さげす》むか」

大村が言うと、

「よかろう。そなたの望み、叶《かな》えて遣わす」

と応諾した。

大村が四人の名を呼び上げ、組屋敷内から木剣が持ち出されてきた。

その中に膳所の名はなかった。が、大村自身は加わる気だ。

若者の一人が二本の木剣を磐音に差し出した。

磐音は三尺三寸ほどのものを選んだ。

「坂崎さん」

柳次郎が心配そうな顔をした。

「なんとかなりますよ」

安藤新八の捧げる提灯の明かりに、根来衆四人の若者と大村が浮かんだ。

「大村様、勝ち抜き戦ではまどろっこしい。それに黒木屋どのも先を急いでおられる。一気にいきましょう」

磐音が五対一の試合を望んだ。

「大言もほどほどにせい」

大村の声は低声《こごえ》に戻っていた。

「田島、一気に仕掛けてよいそうじゃ」

大村は四人の若者の後詰《ごづ》めに回った。

「お手柔らかに」

磐音はそう言うと正眼《せいがん》に木剣をとった。

相手は横一列に並び、さらにその後方に大村という布陣だった。

「参る」

四人のうち一人が叫び、磐音を半円に囲むように両端の者が動いた。

その瞬間、磐音が前方へ走った。

「おうっ！」

右手の者が叫び、左手の若者が木剣を慌てて挙げた。

磐音は木剣を振り上げた若者の拳を叩くと一転右に飛んで、明かりの届かない地面から下腹部をしたたかに擦り上げていた。

「あっ！」

「しまった！」

声がしたときには磐音はさらに右後方に木剣を伸ばしていた。

仲間の危難に迎撃しようとした三番手が脇腹を抜かれて倒れた。

一瞬のうちに三人が立合い不能に陥っていた。

「おのれ！」

大村陵角が磐音の肩口を叩きつけるように襲いかかってきた。

背を丸めた磐音は木剣を搔い潜《くぐ》り、大村の懐に身を寄せると肩で胸をついた。

だが、大村は巌《いわお》のように磐音を跳ね返した。

両者の間合いが開いた。

虚空を無益に切った木剣を構え直した大村の二撃目が、磐音の眉間に打ち下ろされた。

磐音はふんわりと受けた。

受けた瞬間、大村の打撃は真綿に包《くる》まれたように絡《から》め取られていた。木剣を引こうとしても引けなかった。押せば力を吸い込むように磐音は下がった。

大村陵角の大力は完全に封じられていた。

「杉屋、こやつの背に回れ！」

大村が今一人残った若者に叫んだ。

背に殺到する殺気を感じながら、磐音は初めて自ら大村を押した。

が、大村は豪力を見せて微動だにしなかった。

磐音はさらに今一度押すとみせかけ、鍔競《つばぜ》り合いの木剣をふいに手元に引いた。

大村が怒濤《どとう》のように押し寄せながら叫んだ。

「杉屋、今じゃあ！」

押される反動を利して磐音の体勢がふわりと横手に回った。

「あっ！」

磐音に躱《かわ》されて大村が杉屋の強襲に身を晒《さら》した。

大村の肩口に杉屋の振り下ろした一撃が決まった。

「げっ！」

「組頭、な、なんとしたことを」

狼狽した杉屋の小手《こて》を磐音が叩き、木剣が夜空に飛んだ。

「品川さん、安藤さん、黒木屋どのを頼みます」

と命じると、膳所らを木剣で制した。

「約定《やくじょう》どおりの勝負、文句はござらぬな」

牽制《けんせい》した磐音は後退しながら、三人の後を追った。

磐音たちは空きっ腹を抱えたまま庫裏《くり》で待たされた。

「渋茶もなしか」

柳次郎がぼやいた。

庫裏を賭場に提供しようという寺のことだ。坊主たちの面構《つらがま》えも一癖も二癖もありそうだ。

地蔵院の話し合いは二刻《ふたとき》(四時間)に及んだ。

出てきた左兵衛の機嫌は悪くはなかった。

刻限は四つ半(午後十一時)に近かった。

「さて、戻りますぞ」

磐音は表通りを通ることを進言した。

「あれだけこっぴどく痛め付けられたんだ。もはや、根来には反撃の力などあるまい」

左兵衛はそう言いながらも表通りを選んだ。

「坂崎さん、あんたらを本雇いにしてもよい。内藤新宿の賭場がうちに落ち着くまで数か月、そこそこに金を稼げますぞ」

「一日二分としてひと月に十五両か。ま、まことですな」

磐音を押しのけて交渉の前面に立ったのは品川柳次郎だ。

「ただし、こちらの二人は余計者でな」

「なにを申される。安藤新八もそれがしも力を隠しているのが分からぬか」

柳次郎がここぞとばかりに弁舌を振るった。

「まあいい。根来衆に銭を出していたことを思えば、三人くらいなんとでもなる」

黒木屋左兵衛が上機嫌で呟いた。

「地蔵院ではなんぞよき話がございましたか」

磐音が訊いてみた。

「南町の年番方与力《ねんばんかたよりき》が密かに同席しておられてな、食売宿の主が賭場まで手を出すのは江戸に聞こえよろしからず、正業の駕籠屋を看板に掲げる黒木屋にお目こぼしが決まったということでな、まずは私どもに……」

「それはまたよき知らせにございますな」

「儲《もう》けのかなりが南町と地蔵院に流れるが、ゆくゆくは内藤新宿を黒木屋が独り占めすると思えば、今は目をつぶるしかない。それにしても、与力様のご機嫌麗しいこと、茶だけで何刻も内藤新宿のことをあれやこれやと語られたわ」

「それだけ黒木屋どのが信頼を得られたということでございましょうな」

磐音が応じた。

「そういうことになるかな」

左兵衛は上機嫌で大木戸の石垣を抜けた。

「坂崎さん、変だぞ」

安藤が提灯を突き出して前方を見ながら言った。

磐音が透かし見ると、半丁先の黒木屋の前が騒がしかった。

「品川さん、黒木屋どのを頼む」

磐音は包平の鞘と下げ緒を左手で摑《つか》むと走った。

近所の住人たちが遠巻きに、踏み破られた大戸の中を覗《のぞ》いていた。

「なにがありましたな!」

磐音が訊きながら屋内を見た。

三和土に、番頭の種蔵が血塗《ちまみ》れになって倒れているのが見えた。店の内外はまるで暴風雨が吹き荒れたようだ。

「新場一家の討ち入りだよ!」

磐音の背でだれかが寒そうな声を上げた。

（黒木屋は嵌《は》められたか）

直観的にそんな考えが浮かんだ。

屋内に飛び込むと、

「種蔵どの、しっかりせよ」

と抱き起こした。

種蔵は胸と腹部を何か所も刺されて、虫の息だ。

「やることが汚いよ」

種蔵が呟いた。

そこへ、黒い顔を引きつらせた黒木屋左兵衛も飛び込んできた。

「番頭さん、なにが起こった」

「だ、旦那。膳所三五郎の姿をちらりと見た気がする。あいつが新場を唆《そそのか》したのに違いない」

「なんてこった」

そう呟いた左兵衛は、

「番頭さん、土蔵は大丈夫でしょうな」

「や、破られました」

「な、なんですと……」

その場に腰を抜かした左兵衛は、

「か、金が……」

と奥へ這いずっていった。

「種蔵どの、そなたを斬ったのはだれだ」

「み、三浦夕雲って用心棒の剣客だ……」

種蔵は体を痙攣《けいれん》させると、磐音の膝《ひざ》からかくんと頭を落とした。

磐音は種蔵の体を静かに土間に横たえ、奥に向かった。

女たちは逃げ出したか、種蔵の他に男の奉公人が二人殺されて倒れていた。

庭の奥の土蔵の扉が掛矢《かけや》で叩き破られたように大穴が開いていた。

その前で左兵衛が身を慄《ふる》わせて、

「か、金が、金が……」

と呻《うめ》くように呟いていたが、磐音を見ると、

「あんたなあ、わしの千両箱を取り戻してくれたら十両、いや十五両出しますぞ」

と狂気に憑《つ》かれた顔で言った。

「半ば狂っているぜ」

柳次郎が磐音の耳元で囁《ささや》いた。

「町方の出張りだぞ！」

表から叫び声がした。

「品川さん、安藤さん、ここにいると厄介《やっかい》なことになる。逃げよう」

「稼ぎに来たのに番屋に引っ張られてたまるか」

三人は裏口に走った。

なんとか、四谷大通りの裏道、小さな寺が並ぶ寺町の暗がりに逃げ込んだとき、表通りから御用提灯の明かりがちらちらと夜空を焦がした。

「どうしますか」

「新八、腹が減ってどうしようもない。まだばあさんの店は開いているか」

「柳次郎、あそこは夜通しだ。だが、また得体の知れん物を食べさせられるぞ」

「今ならどんなものでも食べられそうだ」

「よし」

三人は裏通りを走って、天竜寺門前の迷路の奥の店に舞い戻った。

今日は三畳ほどの板の間の隅に占い師風の老人が一人酔いつぶれていた。

「ばあさん、酒をくれ」

柳次郎が一朱を差し出した。

「柳次郎、なにがひと月に十五両だ。大の男が三人で稼いだ金が一分と二朱だぜ」

新八がぼやいた。

「いや、前払いしてもらって助かりましたよ」

磐音の声はあくまで長閑に響いた。

「おばばどの、なんぞ食べる物があったら出してくれぬか」

「坂崎さんと同道していると地獄ででも生きていけそうだ」

新八が言うと濁り酒を茶碗に注ぎ分けた。

磐音は急に喉の渇きを覚えて、茶碗を取り上げた。

「ふーう、腹に堪《こた》えるな」

柳次郎が一気に飲み干すと、

「坂崎さん、当てが外れたのは仕方がないが、新場の野郎め、どえらいことをしでかしたな」

「そこなんだが、どうも喉につっかえて気になります」

「なにがです」

「黒木屋左兵衛が地蔵院に呼び出された隙《すき》に新場一家に襲われたのは、いかにも都合がよすぎる」

「しかし、坂崎さんに顔を潰された膳所三五郎が新場に走って、根来は手を引いたと知らせたからでしょう」

「だが、われらが左兵衛に従って地蔵院に行くことを、膳所三五郎は知らなかったはずです。それに根来衆がわれらを待ち受けてもいた」

「偶然ですよ、たぶん」

新八が言った。

鰤《ぶり》のあらと大根を煮たものが丼で出てきた。

古漬けの沢庵《たくあん》も添えてあった。

「おお、これは馳走だ」

磐音は早速箸をつけた。

「享保三年に内藤新宿が廃止になったとき、お上の御取り潰しの理由《わけ》は食売旅籠の繁盛でした。今回、再興を許されてすぐに店開きしたのは、同じく食売旅籠とどうやら賭場のようだ」

「坂崎さん、なにを考えておられるのですか」

「黒木屋左兵衛が地蔵院に呼び出されたとき、南町の年番方与力どのが同席なされていたというではありませんか。その間に黒木屋は新場の卓造一家に襲われた。番頭ら男の奉公人を殺して土蔵の千両箱を運びだすなど、いくら渡世人とはいえ、乱暴にすぎる。たれぞ唆した者がいるのではありませんか」

「新場の卓造を唆した者ですか」

柳次郎が濁り酒の茶碗を手に考え込んだ。

「安藤さんも最初われらに会ったとき、言われた。公儀には新場と黒木屋を競わせるだけ競わせて自滅させる狙いがあるという噂だと」

「あれは風聞ですよ」

新八が言い切った。

「いや、意外と真実かもしれぬ」

「そうかな」

柳次郎が言ったとき、

「おまえさんの推量があたっておるかもしれぬ」

と部屋の隅から声がした。

三人が振り向くと、占い師が薄目を開けて磐音たちを窺《うかが》い、膝の前の茶碗に手を伸ばした。が、中にはなにも入っていなかった。

「こちらに来て飲みませんか」

磐音の誘いに老人が這い寄ってきて茶碗を突き出した。

新八が徳利から注いだ。

ちゅうちゅう……

と音をさせて濁り酒を飲み干した老人が酒臭いげっぷをした。

「ご存じのことがあるなら教えてくだされ」

磐音が言うと老人は徳利に手を伸ばした。

「南町の年番方与力、笹塚孫一《ささづかまごいち》様はなかなかの利け者でな。内藤新宿の再興を奉行牧野大隅守《まきのおおすみのかみ》様から一任されておる」

老人はそう言うと二杯目の濁り酒を飲んだ。

年番方与力は与力の最古参。町奉行所すべての取締りから金銭の出納、さらには同心諸役の任免まで関わった。

奉行は交替しても年番方与力が交替することはない。奉行所内外の生き字引が年番方だ。

「元禄の折りの宿場許しは、浅草阿部川町の名主喜兵衛《きへえ》らが五千六百両からの大金を幕府に積んでようやくこぎ着けた経緯《いきさつ》があった。だがな、去年の再興にはどこからも金は出ておらん。宿場を整えるには本陣も要れば、貫目改所も造らねばなるまい。この金を今の幕府に求めたところで、無理というものだ……」

老人は、ふーっと酒臭い息を吐いた。

田沼意次《たぬまおきつぐ》が老中に就任して重商主義を政策の中心とする改革に手を出したのは、およそ一年前のことだ。

「笹塚様は、内藤新宿に滞在しておられるのですか」

「お上は四月の内藤新宿再興のお許し以来、新宿の普請を勝手次第にしてきた。だから黒木屋や新場がのさばって、食売旅籠や賭場を開いて金を掻き集めている。そこへふた月前から笹塚様が着任なされて、三光院の離れに独り拠点を構えられた」

「ご老人、新場の卓造を唆して黒木屋を襲わせたのは笹塚様と思われるか」

「そこまでは、見料なしでは占いきれんな」

「ちえっ、そこが肝心要《かなめ》じゃないか」

柳次郎がぼやいたが老人は知らん顔だ。

「坂崎さん、町奉行所が背後に控えておるとなると剣呑《けんのん》だ。深川に戻りますか」

「それもいいが……」

「歯切れが悪いな」

「われらは黒木屋には一宿一飯の恩義があります。このまま、深川に引き上げるとなにやら寝覚めが悪い。もうしばらく様子をみましょうか」

「律儀《りちぎ》だな、坂崎さんは」

磐音の提案に新八が頷き、柳次郎もしぶしぶ同意した。

四

内藤新宿の通りにつむじ風が吹き荒れ、乾いた馬糞を巻き上げていた。そのせいで空も茶色に染まって見えた。

行き交う人は手で口を押さえ、馬方や駕籠屋などは手拭いで口を覆っていた。

安永元年も残りわずか、坂崎磐音は一人で追分《おいわけ》から右に折れて三光院へと向かった。

新宿追分で四谷大通りは二本に分かれた。右を辿《たど》れば青梅《おうめ》往還、左に道を取れば甲州道中である。

磐音は、旗本五千石大久保駿河守の下屋敷の土塀沿いに三光院の門前へと出た。

小坊主二人が箒を振り回して、野良犬を追い回していた。

「小僧さん、こちらに南町の笹塚様がご滞在と聞いたが」

「笹塚様なら泉水の端で煙草《たばこ》を吸っておいでですよ」

一人の小僧が築山《つきやま》の陰を差した。

「お邪魔いたす」

磐音が山門から本堂へと続く石畳の敷石を踏んで進み、途中から庭に入ると、瓢簞《ひょうたん》の形をした泉水のくびれたところに石橋が架かり、そこへどてらを着た大頭がのんびりと座って煙草を吹かしていた。

まだ三十代と見えた。

だが、大頭の額は深く禿《は》げ上がり、わずかに残った頭髪を後頭部で束《たば》ねて髷《まげ》にしていた。

「笹塚様にございますか」

「そなたは……」

と問い返した笹塚はくしゃみをした。

「風邪《かぜ》ですか」

「風邪ではないが馬糞が鼻を刺激してな、ずるずると洟《はなみず》が垂れる」

どてらの袖《そで》から手拭いを出して鼻をかんだ。

磐音もかたわらに腰を下ろした。

「そなたとは初めてじゃな」

「初めてお目にかかります。坂崎磐音と申します」

磐音は昨夜黒木屋左兵衛の供で地蔵院に行っていたことを告げた。

笹塚が磐音を見ると、

「黒木屋ではなかなかの遣い手を得たと自慢していたが、そなたであったか」

「なんの役にも立たずに終わりました」

「襲われたそうじゃな」

「新場一家にございますそうな」

「そのような噂もあるな」

「それがし、番頭の種蔵どのが亡くなる前に、はっきりと新場一家の仕業と聞かされました」

「ただ今、手下に真相糾明《きゅうめい》を命じてある」

そう言った笹塚は、何の用かという顔で磐音を見た。

「笹塚様は、それがしと仲間二人が根来衆から黒木屋の用心棒を代わったことを聞きつけて、うまく利用されたのではありませんか」

「うまく利用したとはどういうことじゃ」

「昨夜、黒木屋に用心棒がだれもいないことをご存じなのは、笹塚様、貴殿も数少ないお一人ですね」

「ほうほう」

「笹塚様は、地蔵院で開く賭場は左兵衛に任せると申され、長々と引き止められた。そして、内藤新宿の再建について左兵衛相手に長広舌《ちょうこうぜつ》をふるわれたそうな。その隙になんぞ手配をなされたのではと考えましてな」

「ほうほう」

笹塚は機嫌がよかった。

「となるとそれがし、笹塚様に利用されたようで心持ちが悪うござる」

「坂崎磐音と申したか。幕府では品川、板橋、千住、それに内藤新宿の四宿を、五街道の第一番の宿場としての機能を果たすことを先んずるべく、内藤新宿にお許しを与えられたのだ。岡場所や賭場など風俗を乱すものを許されるはずもない。

ゆえに町方のわれらが率先して賭場の胴元をだれそれに差し許すなど、言質《げんち》を与えるはずもない」

「ならば昨夜は左兵衛となにをお話しになられたのですかな」

「まずは宿場の中心となる本陣や立て場の普請がいかに大事であるかを話し、賭場や曖昧宿《あいまいやど》はお上のお目こぼしであることをこんこんと諭したまでじゃ」

と言って笹塚はにたりと笑い、

「悪と悪とを競わせて潰すのは時として幕府が取る施策の一つである。だが、この汚れ仕事を喜んでやるものがおらんでな……」

と仕方なしに引き受けざるを得なかったことを吐露《とろ》した。

「そうでしたか」

「そなた、剣はどこで学んだ」

「佐々木玲圓先生のもとで直心影流をいささか」

「免許持ちか」

「目録を許されましてございます」

「神保小路の佐々木道場の目録なれば大したものじゃな」

と言った笹塚がふいに、

「坂崎、新宿を出よ」

「ご命令ですか」

「と思うてもよい」

笹塚は火も点《つ》いていない煙管《きせる》を銜《くわ》えた。

「われら、空きっ腹をかかえた浪人と御家人の次男、三男にござる。何ら得ることとてなく江戸に戻るのはちときつうございます」

「怪我をするよりよかろう」

と言ってしばらく笹塚は沈思していたが、

「明日の夜明けに新場一家の旅籠に来るか」

「何やら面白い見物でもありますか」

「内藤新宿の大掃除じゃ。手伝うなら拾いものもあるやもしれぬ」

磐音は頷くと立ち上がった。

大頭のわりに異様に背丈が低かった。

「坂崎、よいな。幕府のお沙汰《さた》に口を挟むでないぞ」

「はっ」

磐音は、三光院の泉水の石橋に笹塚孫一を残して馬糞の舞う通りに戻った。

夜明け前の宿場を冷たい師走《しわす》の風が吹き抜けていた。

天竜寺の明け六つ（午前六時）の時鐘は江戸市中より四半刻《しはんとき》（三十分）も前に鳴らされた。

江戸城から遠いために、この界隈に住む御家人たちは早く屋敷を出なければ御用に間に合わない。そこで早く鳴らされるのだ。

この時鐘を『追い出しの鐘』と称し、岡場所でも早くに追い出された。

宿場が最も深い眠りにつく刻限、まだ追い出しの鐘にも間があった。

坂崎磐音、品川柳次郎、そして安藤新八の三人は、新場の卓造一家の本丸、食売旅籠甲州屋を見渡せる子安稲荷《いなり》の境内に寒さを堪《こら》えて待っていた。

「坂崎さん、町方の出張りならなにもこんな夜明け前にやることはあるまい。日中にやればいい」

柳次郎がぼやいた。

「だからこそ、夜明け前にやる要があるんですよ」

磐音がのんびりと応じた。

「そんなことより、黒木屋が潰され、新場にお上の手が入ったら、おれたちを雇ってくれるところなんてなくなるぜ」

安藤新八が嘆いたとき、中町から足音が響いてきて、御用提灯が宿場の通りに浮かんだ。

「来やがったぜ」

「江戸から加勢を呼んだな」

新八と柳次郎が言い合う中、南町奉行所の捕方《とりかた》たちが粛々《しゅくしゅく》と甲州屋の前に押し寄せてきた。

同心たちは鎖帷子《くさりかたびら》を着込み、鉢巻《はちま》きに籠手《こて》、脛当《すねあて》に防具を着け、尻端折《しりはしょ》りして、手には長十手を構えていた。

小者《こもの》たちも同様の姿で、六尺棒や突棒《つくぼう》や捕縄やはしごを持参していた。

同心たちの輪の中から、一際《ひときわ》小さな笹塚孫一が姿を見せた。

火事羽織に野袴、腰に大小を差していたが、なんともそぐわない。額の禿げ上がった大頭には陣笠《じんがさ》がちょこんと乗っていた。

小者が通りの真ん中に床几《しょうぎ》を置いた。

笹塚が軽く腰を下ろし、手にしていた指揮十手を翳《かざ》した。すると捕方たちが表口、裏口と二手に分かれて、配置についた。

その先頭に立つのは掛矢を構えた小者だ。

再び、笹塚の十手が振り上げられ、振り下ろされた。

「南町奉行所の取締りである、神妙にいたせ！」

先陣の同心の警告の声が宿場に響き渡り、掛矢が大戸に叩きつけられて、騒ぎが始まった。

「御用だ！」

「手向かいいたさば斬る！」

眠りこけていた遊女たちが泣き声を上げた。

泊まり客が二階の屋根に逃れようとして小者たちに棒で打たれ、悲鳴を上げた。

「坂崎さん、取り締まるのなら宿場再興の許しを与えたときに取り締まればいいじゃないか。やり方が汚ないな」

柳次郎が怒ったように囁いた。

「それでは金にならぬのですよ」

「なんだって！　新場と黒木屋に当座の金を稼がせておいて、お上がかっさらおうというのか」

磐音は普請中の本陣を差した。

「あの普請代に、この取締りで没収した金を充《あ》てるつもりなのです」

「汚ねえ！」

柳次郎が本気で怒ったか、叫んだ。

通りには一人笹塚孫一が残り、床几の上で貧乏揺すりをしていた。

「ふてえ野郎だぜ、あの与力は」

柳次郎が言ったとき、表口に寝間着の男が抜き身を提げて姿を見せた。

十二社の熊野神社前で神道無念流の道場を開くという三浦夕雲だ。

同心と小者の二人が後を追うように出てきた。

「逃れられぬぞ！」

「神妙にいたせ！」

三浦はいったん逃げかけたが、ふいに方向を転じて同心に斬りかかった。

同心が捕物用の長十手で受けたが、斬撃《ざんげき》を受けきれずに押し潰されそうになった。すると三浦の背を小者が六尺棒で殴りつけた。

形相険しく振り向いた三浦が、抜き身を小者の脇腹に叩きつけるように振るった。

「わあっ！」

小者が路上に転がった。

「おのれ！」

腰が砕けかけた同心が体勢を立て直そうとした。

三浦の動きは迅速だった。走り寄りざま血に濡《ぬ》れた刀を片手斬りに肩口に叩きつけた。

「うわわっ！」

同心が横倒しに倒れた。

三浦は二撃目を振るおうと血刀を構え直し、その視線の先に、床几に座る笹塚孫一の姿を認めた。

「おまえか。姑息《こそく》な手を考えたのは」

「な、何を申すか」

笹塚の声は震えていた。

どうやら床几の上で腰を抜かしているらしい。

「黒木屋にはだれも用心棒はいないと新場の卓造を唆し襲わせておいて、今度はこっちの取締りか」

「内藤新宿は吉原ではない。甲州道中第一の立て場である」

「やかましいわ。ごたごた御託《ごたく》を並べおって、新場と黒木屋が稼いだ金をかっさらおうという算段ではないか。それがお上のやることとか」

そう言いながら、三浦夕雲は血刀をだらりと提げて、笹塚孫一へと迫った。

「た、たれぞおらぬか」

笹塚が声を上げた。

が、甲州屋では取締りの真っ最中、表に目を向ける余力はなかった。

「いい気味だ」

柳次郎が呟いた。

磐音が立ち上がった。

「坂崎さん、助けてやることはないぜ」

柳次郎が憤然と言った。

「それがしは笹塚どのを助ける気はありません。一宿一飯の恩義に報いるのです」

「種蔵の仇《あだ》を討とうというのですか」

呆れたように言う柳次郎の声を背に、磐音は子安稲荷の境内からゆっくりと笹塚孫一のもとへ向かった。

「江戸を離れるはなむけだ、おまえを叩っ斬っていこう」

寝間着の裾《すそ》を乱した三浦夕雲が腰を落とすと血刀を振り上げた。

笹塚孫一が指揮十手を目の前で闇雲に振るった。

「三浦夕雲どの」

磐音がのんびりと呼びかけた。

血走った双眸《そうぼう》が磐音を見た。

「邪魔だてするな！」

夕雲の声は憤怒を呑《の》んで響いた。

「そなたには何の縁もゆかりもござらぬ」

「ならば放っておけと申しておる」

「黒木屋の番頭、種蔵どのを殺した所業がちと気に入らぬ。仇を討たせてもらう」

「おのれ！　二人一緒に血祭りにしてくれるわ」

三浦夕雲の注視が坂崎磐音に移った。

磐音と夕雲は騒乱の宿場の通りで向かい合った。

夕雲は振り上げた血刀を正眼に構え直した。

磐音の備前大包平二尺七寸はまだ鞘の中だ。

磐音は殺気を爛々《らんらん》と放つ夕雲の前に飄然《ひょうぜん》と立っていた。

夕雲の腰が沈み、正眼を保持する両腕が上げられ、切っ先が水平まで下ろされた。

「おおおうっ！」

夜明け前の通りに腹に響く気合いが流れて、三浦夕雲の突きが怒濤のように押し寄せた。

切っ先が磐音の喉元に一直線に走ってきた。

間合いが一瞬のうちに切られた。

大包平が抜き上げられたのはその刹那《せつな》だ。

光が弧を描き、大気を裂いて迫る血刀の切っ先を弾いた。

三浦夕雲が磐音のかたわらを走り抜け、くるりと反転した。

弾かれた血刀は八双《はっそう》に構え直され、踏み込みざま、袈裟《けさ》懸けに鋭く振り下ろされた。

懸河《けんが》の勢いで振り下ろされた血刀の勢いがふわりと躱された。

夕雲は咄嗟《とっさ》に磐音の胴を抜いた。

が、ここでも柔らかく受け止められ、跳ね返された。

「おのれ！」

夕雲が続けざまに必殺の攻撃を繰り出した。

だが、それはことごとく受け止められ、ふわりと跳ね返される。

「新八、見たか。あれが坂崎さんの居眠り剣法だぞ」

「押されているようだが大丈夫か」

新八の声に不安が漂っていた。

「見ておれ」

一連の攻撃が失敗に終わったとき、夕雲は自ら間合いをとった。

両者は一間半を隔てて向き合った。

床几に座ったまま、笹塚孫一は眼前の戦いを呆然《ぼうぜん》と見ていた。

荒い息を弾《はず》ませていた三浦夕雲は、刀を脇構えにした。

磐音は包平を正眼に移した。

笹塚は、磐音が夜の大気と同化したように静かに立っていることに気付いていた。

（なんという男か）

甲州屋の騒ぎはすでに静まっていた。

どうやら捕物の決着はついたようだ。

表戸から新場の卓造が縄を掛けられて連れ出された。

が、そこで展開される戦いに卓造が、

「せ、先生……」

と声を洩らした。

その瞬間、三浦夕雲が動いた。

脇構えの剣を鋭く振り翳しながら突進してきた。

磐音も走った。

走りながら、大包平の大帽子《きつさき》が、蛇が鎌首を持ち上げ獲物を狙うように夕雲の喉元に伸びた。

「ああっ!」

柳次郎が悲鳴を洩らした。

車輪に回された剣と、正眼から伸び上がるように突き出された包平が、同時に互いを襲ったように見受けられた。

血飛沫《ちしぶき》が夕雲の喉から飛んだ。

「うっ！」

車輪に回された三浦夕雲の攻撃は寸余のところで力を失った。

磐音が夕雲の攻撃を躱してかたわらを駆け抜けたとき、夕雲が顔から地面に突っ込むように倒れ込んでいった。

「ふーう」

と大きな息を吐いたのは笹塚孫一だ。

磐音と笹塚の視線が交じり合った。

「坂崎、そなたに借りができたな」

「笹塚様、申しましたぞ。それがし、黒木屋の番頭どのに借りを返したまで」

磐音は血振りをした大包平を静かに鞘に納めた。

甲州屋の前には縄を掛けられた新場の子分たちが引き据《す》えられた。

床几から笹塚孫一が立ち上がって、

「これからがわしの仕事じゃ」

と磐音に言った。

「金勘定《かねかんじょう》にございますか」

「さよう」

と胸を張った笹塚は、

「金がなければ、公方《くぼう》様でも身動きがつかぬでな」

と言い切った。

その言葉は、なぜか爽《さわ》やかに磐音の胸に響いた。

「そなたがどう考えようと借りは借り、江戸でなにかあったら南町を訪ねて参れ」

笹塚孫一が甲州屋に姿を消した。

磐音は二人の友が立っている子安稲荷に歩いていった。

いつの間にか内藤新宿に朝の光が戻っていた。

まだ馬糞は飛んでいない。

磐音の身を案じていた新八は、無事な姿を確かめ、

「ふうっ」

と息を吐いた。

「坂崎さん、朝餉を食うくらいの銭は残っている。どこぞで食って深川に戻りましょうか」

柳次郎の言葉に磐音は黙って頷いた。

第二章　東広小路賭矢

一

安永元年（一七七二）も残りの三日、坂崎磐音は鰻屋の宮戸川で大掃除の仕事を貰った。

親方の鉄五郎が鰻割きの松吉《まつきち》を使いに寄越したのだ。

「怪我をしたからって、なにも遠慮することはねえじゃありませんか」

「仕事もできぬのに顔を出すわけにもいくまい」

「金兵衛さんに聞いたが、内藤新宿まで仕事を探しに行ったたってね。呆れたねえ、命を張ったってのに、お侍三人の懐に残ったのはたったの二朱ですかい」

「金を稼ぐのはなかなか難しいものですね」

「おめえさんと話していると、年の瀬だということを忘れそうになる」

と苦笑いした鉄五郎が訊いた。

「怪我の具合はどうですね」

「もう大丈夫です。年明けからは働かせていただきたい」

「こう押し詰まると鰻屋は客が少ないが、差し当たって今日は、包丁なんぞを研いだり店の掃除をしたりして、いくらか小銭を稼ぎなせえ。飯だけは三度三度食い放題だ」

「いや、助かります」

新宿から戻って腹を減らす日々が続いていたのだ。

鰻割きの同僚の松吉と次平《じへい》と組になって二階から掃除を始めた。

天井や壁の煤《すす》を払い、畳を上げて北之橋に日干しにして竹の棒で叩く。

「おや、浪人さん、鰻割きから掃除屋に鞍替《くらが》えかい」

鰻を宮戸川に持ってきた幸吉が声をかけた。

「年の瀬は鰻よりも蕎麦《そば》だそうだ。それでも親方が掃除の手伝いでもしろと雇ってくだすった」

「新宿は稼ぎにならなかったってね」

だれから聞いたか、すでに幸吉は知っていた。

「ああいうのを骨折り損のくたびれ儲けというのであろうな」

「品川の次男坊は、小梅村の川で尻をからげて蜆《しじみ》採りをしていたぜ」

「品川さんは蜆採りか。来年になれば風向きも変わろう、それまでの辛抱だな」

「独り者は呑気《のんき》でいいな。うちみてえに身内が多いと一日一日が死にもの狂いだぜ」

「幸吉どのは顔が広い。それがしにできる仕事があればなんぞ紹介してもらいたい」

「待てよ」

幸吉が言った。

「なにか心当たりが……」

「浪人さん、なんでもやるかい」

「お上の定法に触れぬことなら、なんでもやらせてもらおう」

「待ってな。ちょいと確かめてくらあ」

そう言ったときにはもう幸吉は空《から》の竹籠《たけかご》をかたかた鳴らして走り出していた。

磐音はまた畳の埃《ほこり》を叩く仕事に戻った。

十一歳の子供の言うことを真に受けたわけではないが、磐音はなんとなく幸吉が再び顔を出すのを気にかけながら、二階から階下と掃除を終え、昼下がりには店じゅうの包丁を裏庭に集めて、丁寧《ていねい》に研いだ。

一刻半（三時間）ばかりかけて刃物も研ぎ上がった。

そろそろ夕餉《ゆうげ》の刻限だ。

そんな頃合いに、裏木戸から幸吉が顔を出して、

「仕事を見つけてきたぜ」

と得意そうな顔をした。

「ほんとうか、幸吉どの」

十一の子供とはいえ、幸吉は出会ったときから本所深川の師匠のようなもの、頭が上がらない。

「嘘言ってもしょうがないや。両国広小路の楊弓場《ようきゅうば》だ」

「矢場《やば》のことかな」

「他になにがある。相手はすぐに会いたいと言っているんだ、行くぜ」

幸吉がぽんぽんと言った。

「ならば親方にお断りして参ろう」

幸吉を待たせて店の台所に入っていった。すると親方の鉄五郎が、

「おかげで家じゅうがさっぱりしましたぜ。夕餉には酒をつけましょう」

と言ってくれた。

「それが……」

磐音は幸吉がもたらしてくれた話をした。

「両国橋際《ぎわ》の矢場ですかい」

鉄五郎は裏庭に出ると幸吉に、

「幸吉、坂崎さんに何の仕事をさせようというのだ」

と問い質《ただ》した。

「親方、怪しい仕事じゃないぜ。近頃、楊弓場を荒らし回る男たちがいてさ、けっかいとかいう賭矢《かけや》を申し込んでよ、楊弓場から金をふんだくっていくと聞き込んだからさ、どこぞの楊弓場に用心棒はいらねえかと訊いて回ったんだ。そしたら、東広小路の金的銀的《きんてきぎんてき》の朝次《あさじ》親方がさ、いいだろう、腕がいいなら連れてこいと言ってくれたんだよ」

「金的銀的がな」

と納得した鉄五郎が磐音に、

「話を聞く分にゃあ損はありますまい。折り合いがつかなきゃまた戻ってくればいい」

と送り出してくれた。

磐音と幸吉は暮れ初《そ》めた堀沿いに竪《たて》川に出た。それを大川へ下り一ッ目之橋を渡った。すると両国広小路の喧騒《けんそう》が川風に乗って聞こえてきた。

明暦《めいれき》三年（一六五七）の大火の折り、大川の西際で十万余人もの死者を出した。そこで幕府では寛文《かんぶん》元年（一六六一）に大川を結ぶ橋を架けた。

これが両国橋である。

発端が発端、東西の橋際に火除地《ひよけち》を広く設け、両国広小路とした。

東詰の広場では背後に回向院《えこういん》を控え、昼前は葛飾《かっしか》や小梅村など近在の百姓衆が野菜物を持って集まり、青物市場が立った。昼からは市場のあとをきれいに片付けて、小屋掛けの見世物が客を呼び集めた。

一日じゅう、人の往来が絶えないところが両国の広小路である。

金的銀的は小屋掛けではなかった。

東詰の水垢離《みずごり》場《ば》前に間口五間の矢場を構えていた。

障子に金的を射抜く当たり矢が描かれ、島田髷に黄八丈《きはちじょう》をぞろりと着た矢場女、矢返したちが四、五人もいた。いずれも若くて見栄えもする。

客が三人、二尺八寸ほどの半弓を引いていた。

なかなか本格的で、八間ほど先に土塁《どるい》が設けられ、大小の的が並んでいた。

一尺ほどの短矢が当たると若い女が太鼓を叩いて、

「当たり！」

と叫んだ。

どこか長閑で、殺伐《さつばつ》とした風はない。

「女将《おかみ》さん、連れてきたぜ」

店でただ一人の年増《としま》女が、

「親方なら水垢離場で煙草を吸ってるよ」

と教えてくれた。

両国東広小路の水垢離場は、大山参りに行く者たちが斎戒沐浴《さいかいもくよく》して身を清めるところだ。

暗がりの中、螢《ほたる》のようにぽっぽっとした火が見えた。

親方の朝次はどこからか帰ってきたようだ。

「親方、この浪人さんだ」

暗闇《くらやみ》から磐音を観察している様子が窺われた。

「金的銀的の主《あるじ》の朝次です、金兵衛長屋にお住まいだそうですね」

丁寧な口調は大家の金兵衛を承知している様子だった。

「秋から世話になっております」

「あなたの人柄と腕前は今、金兵衛さんに聞かされてきました。うちじゃあ、ちょいと……」

「親方、浪人さんの腕じゃ、物足りないというのかい」

幸吉が詰問した。

「幸吉、早とちりするな。うちのような商いでは、坂崎様の腕前は立派すぎると言っているんだ」

「親方」

磐音が話しかけた。

「金兵衛どのと話されたのなら、お分かりでしょうが、火事の後始末などをして日傭取《ひようと》りをしていたのです。どのような仕事でもいたす所存にござる」

相手はしばらく沈黙した。

「仕事のことは幸吉からお聞きですか」

「矢場を荒らす者たちがいるということにございますな」

「小屋掛けから常設まで、矢場は派手なようですが、三十本六文の商いですよ。矢返しの女を雇い、三十本も矢を射たれて六文では成り立ちません。そこでお上には内緒の賭矢をいずこも行います。ご存じですか」

「残念ながら矢場に出入りしたことはござらぬ」

「ならば説明いたしましょうかな」

結改《けっかい》という競射の矢数は二百本、元々遊びだった。

それが一文を紅白の紙に包んでの賭矢になった。

今では一本いくらの裸銭で矢場と客の双方が弓を引いて、その二百本の差額で競ったり、二百本の勝ち負けで客か店の総取り勝負になるという。

「秋口から浅草あたりの矢場に出没し始めたのは、女を含む五人組です。若衆姿の優男《やさおとこ》が頭《かしら》分で、美形の女、隠居風のじい様、無精髭の浪人に、どこぞのお店者《たなもの》といった風情の男の五人連れで、一人か二人でふらりと矢場に現れては、賭矢を挑むようになりました。それがまた見事な腕前だそうで、二百本のうち外すのはせいぜい五、六本、浅草門前の大文字屋の大勝負では、女が二百の総当たりを出したそうです」

「大勝負と申されたが、賭金はいくらですか」

「大勝負となればまず五十両」

「なんと……」

磐音は絶句した。

「川向こうでだいぶ評判が立っているらしく、富岡八幡宮か東広小路にやつらが稼ぎ場所を移してくるという噂が立ちまして、東広小路にある十三軒の矢場が何度か会合を持ったところなんで」

「断ることはできないのですか」

「江戸っ子ってのは困った性分でね、客に勝負を挑まれれば受けて立つ」

「対策は決まっておらぬのですか」

「議論百出といえば聞こえはいいが、纏《まと》まりがねえったらありゃしない。私としては十三軒が纏まるのが一番だと思っているんですがねえ」

そう嘆いた朝次は煙管をぽんと手のひらで叩いた。すると燃え残った煙草の火が水垢離場に飛んで、
じゅっ
と音を立てて消えた。

「川向こうでは何軒もの矢場がやつらのために潰れています」

「主どの、それがしは何をなせばよいのですか」

「厄介なことに、五人組は腕が立つらしい。浅草の一軒が用心棒を雇って、帰り道を襲わせたそうな。ところが反対に若衆姿の優男に斬られて、一人が死に二人が大怪我を負った。こちとら、ご禁止の賭矢をやっている手前、町方にも届けられないでいる。そこで、先ほどから話しながら思いついたんだが、十三軒が纏まって、坂崎さんを雇えないかと考えているんでさ」

「賭矢に勝って帰る五人組をそれがしに襲えと言われるのですか」

「そんなことはできっこありませんよ」

朝次が声もなく笑った。

「さっきも言ったが、端《はな》から断るのが一番だがそうもできない。一度目の負けはしょうがない。奴らの足代だ。だが、二度目はご免だ。奴らにもう二度と東広小路で仕事をしないでくれと私の方から頭を下げようと思う。この際、体面なんて構ってられないからね。そのとき、私に付き添ってもらえませんかね」

「承知いたした」

「問題は給金だ。立派なお侍に何百文なんて話はしたくないが、いつ来るともしれない奴らを待ちうけるんだ。十三軒から五十文ずつ出せば一日六百五十文、あいつらとやり合うときは特別手当てを出しましょう。それでどうですね」

一日六百五十文は、職人の手間賃と同じくらいだ。

「結構です」

「ならば今晩から付き合ってもらえますかね」

磐音はありがたく受けると、

「幸吉どの、助かったぞ」

と幸吉に頭を下げた。


矢場の裏手に小さな休み所があった。

矢返しの女たちが時折り煙草を吸ったりなど息抜きに来る。

部屋には火鉢に炭がいけられ、薬缶《やかん》がかかっていた。床の隅には女たちが食い散らかした蕎麦の丼や茶碗が積んであったり、灰で汚れた煙草盆や表紙の黄ばんだ絵草紙《えぞうし》があったりした。

若い女たちが出入りするだけに、脂粉《しふん》の香が充満して息苦しいくらいだ。

磐音はまず格子戸《こうしど》を開いて、部屋に風を入れ、汚れた丼や煙草盆を部屋に隣接した狭い台所に運んで洗った。さらに、先のちびた箒で掃き出すと、だいぶさっぱりした。

大包平《かねひら》を部屋の壁に立てかけ、格子窓のそばに陣取った。

「おや、部屋が見違えるようにきれいになってるよ」

矢返しの女が二人、部屋の入口で目を丸くした。

「お侍さん、おまえさんがやったのかい」

姉さん株の女が訊いた。

「気に障《さわ》ったら許してくれ。暇でな、つい手を出した」

「部屋をきれいにしてもらってだれが怒るものかね」

大柄な体格の姉さんが火鉢の前にぺたりと座った。二十一、二か。

もう一人の小柄な娘は十七、八だ。

磐音は火鉢の薬缶から急須に湯を移しながら、

「それがしは坂崎磐音と申す、よしなに頼む」

と頭を下げた。

そりゃどうも、と慌てた姉さんが、

「あたしはおよしでこっちがおうめちゃん」

と名乗った。

「無調法だがどうぞ」

磐音が淹《い》れた茶をおよしが受けながら、

「旦那に用心棒を雇ったと聞いたけど……」

と笑った。

およしが煙管を出して刻みを詰めた。

磐音が煙草盆を差し出した。

「なんだか吉原の花魁《おいらん》になった気分だ、落ち着かないよ」

およしがけらけらと笑った。

「坂崎さんは浪人なの」

「半年ばかり前に禄《ろく》を離れた。成り立てだ」

「どうりで能天気だ」

「いや、これでもいろいろと苦労しておる」

内藤新宿に仕事を求めていった顚末《てんまつ》を、差し障りのないように変えて話し聞かせた。

「ええっ、男が三人も内藤新宿くんだりまで行って、懐に残ったのが二朱足らずなの」

「三人で分けたら百七十文ばかりでな、食扶持は半日ともたなかった」

「呆れたね」

おうめが黙って磐音に紙包みを差し出した。

「薄皮饅頭《まんじゆう》の残りだけど食べますか」

「有難い、夕餉を食いはぐれてな」

磐音は包みを押しいただき、茶色の皮が固くなりかけた饅頭を口に入れた。

「おっ、これはうまい」

娘二人は幸せそうに饅頭を賞味する磐音の無邪気な顔を眺めやって、

「こりゃ、どこぞのぼんぼんか、えらい食わせ者だよ」

と、およしがおうめに囁いた。

煙草を吸ったおよしとおうめが矢場に戻ると、入れ替わりにおたつとおきねが顔を見せた。二人とも十七、八だ。

おたつは丸ぽちゃ、おきねはうりざね顔の美人だった。

「ほんとだ、お茶が出てきたよ」

「あたしたち、えらくなったみたい」

おたつとおきねは身をよじらせてけらけら笑った。すると若い娘の香りが狭い部屋に漂った。

「お侍さんはどこに住んでるの」

おたつが訊く。

「それがし、坂崎磐音と申して、深川六間堀町の金兵衛長屋に厄介になっておる」

「なんだ、うちと同じご町内だ」

と言ったのはおきねだ。

「あたし、猿子橋際の唐傘《からかさ》長屋」

「おうおう、天気ならば堀端に傘が干してあるところか」

「それそれ。金兵衛さんには子供のときから怒鳴られながら育ったわ」

と笑ったおきねは、

「うちのおよしさんと金兵衛さんの娘さんは同い年よ」

「なにっ、おこんどのとか」

「あれ、おこんさんを知ってるの」

「知っているもなにも、以前西広小路の今津屋《いまづや》どので仕事をいただいたことがあってな」

磐音に共通の友達がいたこともあって、女たちはすぐに気を許してくれた。入れ代わり立ち代わり四人の娘たちが茶を飲みに来ては、磐音とお喋《しゃべ》りしていった。

一日目の仕事はあっという間に終わった。

金的銀的の暖簾が下りたのは、五つ半（午後九時）前のことだ。

朝次と女将のおすえが娘たちに日当を払い、ご苦労さんと送り出した。

「坂崎さん、すっかり女たちの信用を得られたようですね」

朝次が笑い、おすえが、

「この部屋が見違えるようだもの」

と驚いた。

「なにもすることがないでな」

朝次は三百文を差し出すと、

「明日からはちゃんと六百五十文をお払いしますからな」

と断った。

「親方、今晩は見習いでござる。ご懸念《けねん》なく」

磐音が断ると、

「まあ、そう言わずに蕎麦でも食べていらっしゃい」

と掌に握らせた。

「明朝はいつ店開きにござるか」

「広小路は昼下がりにならないと見世物はだめなんでねえ、九つ半（午後一時）時分に来てください」

「相分かった、よしなに頼みます」

磐音は親方夫婦に頭を下げると大包平を手にした。

二

金兵衛長屋に鰯の触れ売りが入ってきたのは、磐音が井戸端で顔を洗っている四つ（午前十時）の刻限だ。

内職をしていた女たちがわいわいがやがやと集まってきて鰯を購《あがな》った。

「一尾いくらかな」

棒手振りが磐音の顔を見て、

「浪人さん、初鰹《はつがつお》を買おうってんじゃねえんだぜ。鰯一匹と言われてもな」

「ならば、五十文ではいかほどかな」

「今日はかたちがいいや、十五、六匹は買えるぜ。おまえさん、丸干しにでもする気かい」

「いや、ちと礼をしたくてな」

「なら、おまけしてやらあ」

どてらを着込んだ金兵衛が笊《ざる》を持って姿を見せた。

「坂崎さん、朝次んとこで仕事が見つかったかい」

「大家どののご推挙で、なんとか職を得た」

「おまえさん、仕官したわけじゃねえんだから。矢場の用心棒に雇われただけだよ」

「仕事は仕事でござる」

まあな、と返事する金兵衛に訊いた。

「幸吉どのの長屋をご存じか」

「ははあ、この鰯を礼に持っていこうという算段かい。律儀だな」

金兵衛は、唐傘長屋のどんづまりが幸吉の長屋だと言うと、

「おい、新次《しんじ》、鰯を持っていく先は食い盛りの餓鬼《がき》ばかりだ。たっぷりとおまけ

しろよ」

と棒手振りに指図した。

磐音は自分のために三匹を取り分け、残りの鰯を金兵衛の竹笊を借りて盛った。

金兵衛が口を利いたせいで十五、六匹はありそうだ。

その足で唐傘長屋を訪ねた。

相変わらず傘を干してある木戸口を抜けると素顔の娘が、

「あら」

と驚きの声を上げた。

「そうか、そなたの長屋だったな」

磐音は矢返しのおきねも住んでいたことを思い出した。

「幸吉どののお長屋はどちらかな」

「おしげおばさん、幸ちゃんの友達が訪ねてきたわよ」

おきねが笑いながら、井戸端で洗濯する女に声をかけた。

振り向いたおしげの鬢《びん》に膏薬《こうやく》が張ってあるのが見えた。

「金兵衛さんとこの浪人さんだね」

磐音は竹笊の鰯を差し出すと、

「昨日、幸吉どのに結構な仕事を紹介していただいてな、お礼に参った」

「こりゃ、どうも」

ぺこりと頭を下げて竹笊を受け取ったおしげにおきねが、

「坂崎さんね、うちで働くことになったの」

と説明した。

「幸吉がそんなことをしたのかい、ちっとも知らなかったよ」

おしげが嬉しそうに言い、

「浪人さん、ありがたくいただきます」

と竹笊を差し上げた。


磐音が東広小路に行くと、白衣《びゃくえ》を着た男たちが、水垢離場で寒の流れに身をつけていた。年明け早々に大山参りに行く連中だという。

だが、矢場の金的銀的はまだ店を開けてなかった。

磐音は水垢離場の石段に腰を下ろして、沐浴《もくよく》の風景を見ていた。

久しぶりに飯を炊き、朝餉と昼餉を兼ねて、焼き鰯で三杯飯を食べて満腹していた。

師走の陽射《ひざ》しがのんびりと落ちて、なんとも長閑だった。

水垢離場に猪牙舟《ちょきぶね》が近付いてきた。

舟には白衣の女が一人乗っていた。

(こんな水垢離もあるのか)

女は沐浴する男たちと少し離れた場所に止めた舟から流れに入った。

凄《すご》みのある美人で、体に張りついた白衣がなんとも悩ましかった。

「お待たせしましたな」

朝次の声が背からして、磐音は立ち上がった。

磐音は包平を部屋に置くと、脇差だけの格好でまずは表の掃除から自分の仕事を始めた。

「坂崎さんが私の仕事を取り上げなさったから、仲間のところを回ってくるとしましょう」

打ち水をする磐音に朝次が笑いかけながら、

「そのうち女たちも出てきますが、親切はいいが甘えさせちゃいけませんぜ」

と釘《くぎ》を刺した。

朝次が出たあと、矢場の掃除に取りかかった。そこへおよしたちがぞろぞろとやってきた。

「おや、外回りは終わったのかい」

女たちも加わったせいで掃除は一息に終わった。

続いて商売道具の弓と矢の手入れだ。

およしたちは矢羽根を調べて、傷《いた》んでいるものは新しい羽根に取り替えた。

矢場の半弓は、竹と木を何枚も張り合わせた戦《いくさ》用の飛び道具と違い、楊《やなぎ》や蘇芳《すおう》を使った。

楊弓というのはそのせいだ。

弦を調べ、弓本体に傷がついていないか調べた。

矢場では客が誤って弓を壊した場合は二百文、矢一本は七十文の損料を取られる仕組みだから、客入れ前の点検は綿密を極めた。

弓に弦が張り直されると、およしが矢を試射した。

七間半先の的に向かって、半身に正座したおよしは軽やかに弓を引いた。すると矢羽根が風を切って的の真ん中に突き立った。

「うまいもんだな」

「そりゃ、五、六年もやってりゃこれくらいにはなりますよ」

およしが言い、磐音に差し出した。

「それがしに引けというのか」

「やってごらんなさい」

「本弓は引いたことはあるが、あまり得意ではなかったな」

磐音は言い訳をしながらおよしの射方を真似《まね》て座った。

二尺八寸の弓に九寸の矢を番《つが》えて楊弓を引き絞ると実に軽い。

磐音は肩の力を抜いて三寸の的を狙って放った。

矢はおよしの矢の飛ぶ勢いより早く、七間半を飛んで土塁に突き刺さった。

「坂崎の旦那、肩にも腕にもまだ力が入りすぎてますよ」

「さようか」

磐音は肩をぐるぐる回して上体を柔らかく保った。そして両腕を均等に引き分けるように絞って弦を放した。

「当たり！」

当たる前からおきねが太鼓を叩いて知らせてくれた。

矢は三寸の的の端に突き立っていた。

「さすがにお武家さんだ、呑み込みが早い。これならさ、何日か稽古《けいこ》すればいい腕になるよ」

　およしが褒《ほ》めてくれた。

　矢場の楊弓は武家の三枚打四本竹造りの豪弓とは全く異なるもの、それが磐音の認識であった。

　広小路に人が増えて、矢場の金的銀的も店開きした。となると無粋な男は奥に引っ込むしかない。

　親方の朝次が店に戻ってきたのは八つ半（午後三時）時分になっていた。

「坂崎さん、あいつら、富岡八幡宮《とみおかはちまんぐう》に出やがった」

「泣きをみることになった矢場が出ましたか」

「ああ、私の知り合いが包金を持っていかれた。暮れに二十五両は痛かろう」

「なんと……」

「ここにも必ず姿を見せますよ。そのせいで坂崎さんの稼業はすんなり決まった」

　十三軒が五十文ずつ出し合っての用心棒稼業だ。

「喜んでいいのか悲しんでいいのか。それがしの仕事が要らぬのが一番ですからな」

「それでは坂崎さんのおまんまの食い上げだ」

と苦笑いした朝次は、

「こういう見世物小屋は、年の瀬から松の内が稼ぎ時です。奴らが動くとしたら、まずこの時期を狙う」

「ならば気を引き締めて控えておるとするか」

明日は大晦日《おおみそか》、商人も職人も最後の仕事に追われて、日中の客足はよくなかった。だが、夕暮れ過ぎになって、急に客が押しかけて金的銀的は忙しくなった。

朝次が仲間の店を時折り見回りに行ったが変わった様子はなかった。

「ああ、嫌だよ。大津屋の隠居ったら、あたしの尻ばかり触りまくるんだもの」

およしが控え部屋に来て、磬音に嘆いた。

「そう申すな。男というもの、きれいなものを見るとつい手で触れたくなるものだ」

「あら、坂崎さんもそうなの」

「いや、これは男の気持ちだ」

矢返しの女たちの色気を目当てに店に通う客が大半なのだ。

「坂崎さんの言うとおりだわ、およし姉さんがきれいだから、隠居さんも触りたがるのよ」

「おたつちゃん、そうは言うけど、どうせ触られるなら坂崎の旦那のように若いほうがいいよ」

「およしどの、若くてもこちらは文無し、なんともならぬ」

「若さと金とを比ぶれば、なにはなくとも山吹色にやっぱり軍配。さあ、ひと稼ぎしてこよう」

矢返しは給金の他に客からの心付けが実入りだから、矢を取りにいくとき蹴出《けだ》しから白い足を見せたり、胸元を覗かせたりした。

好き放題なことを喋り合った女たちはまた店に出ていき、男客の好色に応《こた》えた。

磐音も何度か朝次と一緒に仲間の矢場回りをして、そのついでに東広小路に出ていた屋台の菜飯屋で夕餉を摂った。

この夜、金的銀的の明かりが落ちたのは四つ（午後十時）に近かった。

結局、五人組は東広小路には現れなかった。

磐音は同じ方向のおきねと一緒に竪川を渡って深川六間堀町に戻った。

金兵衛長屋の木戸口が見えるところまで来るとなにか騒がしい。

「なにかありましたか」

長屋の住人に声をかけると、

「大変だ、旦那のところに泥棒が入った」

と左官の常次《つねじ》が言った。

「泥棒でござるか、それは困った」

「そりゃ困るさ」

「いや、泥棒が気の毒でな、盗まれるものなどなにもない」

声を聞きつけた金兵衛が姿を見せて、

「そんな呑気な話じゃなさそうだぜ」

と言った。

そのかたわらには金兵衛の娘、西広小路の両替商今津屋の奥向きの女中をしているおこんがいた。

「おこんさん、年の瀬で戻っておられたか」

「坂崎さん、そんなことより長屋を見てよ」

おこんに言われて自分の長屋の敷居を跨《また》いだ。

「おやおや……」

わずかばかりの持ち物、夜具や炊事道具がひっくり返り、畳を上げて床下を調べた様子もあった。それに壁際に置かれた箱の上の三柱の位牌《いはい》も転がっていた。

河出慎之輔《かわでしんのすけ》、舞《まい》の夫婦、それに小林琴平《こばやしきんぺい》の三人の位牌だ。

磐音は乱雑に散らかされた部屋に上がると、まず位牌を鰹節《かつおぶし》屋から貰い受けてきた木箱の上に並べ直した。

おこんと金兵衛親子が複雑な思いでその様子を見ていたが、金兵衛が長屋の住人に、

「当人が戻ってこられたんだ。盗《と》られたものもなさそうだ。もうそれぞれ長屋に引き上げな」

と命じた。

「うちに泥棒に入ってもな」

再び首を傾《かし》げた磐音におこんが言った。

「常次さんが見かけているの。お侍ですって」

「武家じゃと」

「それも浪人者ではなく、大名家にお仕えするようなお武家様が二人……」

（なんと……）

もしそのような不心得者がいるとすると、

（豊後関前藩の者か）

「坂崎さん、もしかして旧藩と関わりがあるのでは」

金兵衛が言い出した。

「だが、私がこの金兵衛どのの長屋に住んでいることを承知している旧藩の者はおらぬ。一つだけ考えられるとすれば、勘定奉行支配下の金座方の日村綱道《ひむらつなみち》様の線だ」

先頃、磐音は今津屋が南鐐二朱銀《なんりようにしゆぎん》騒ぎに巻き込まれたとき、日村と面識を持った。

その日村は、磐音の剣の師匠、神保小路の直心影流道場主の佐々木玲圓と知り合いだった。むろん佐々木は磐音の旧藩とつながっていた。

それを知った日村が佐々木とのやりとりを伝えたこともあった。

「いいわ、坂崎さんの住まいを佐々木先生に話されたかどうか、日村の旦那に確かめてみる」

呑み込みの早いおこんが請《う》け合った。

「でもさ、なぜ襲われるの。坂崎さんが藩から金目のものを持ち出したふうはないし」

「金目のものがあるくらいなら、家賃を溜《た》めるようなことはいたさぬ」

「それもそうね」

おこんがあっさり納得し、ふいに話題を変えた。

「坂崎さん、およしちゃんの矢場で仕事をしているんですってね」

「幸吉どのが紹介してくれてな」

「どうも化粧の匂いがすると思ったわ」

磐音が袖を鼻に持っていって匂いを嗅《か》いだ。

「匂いなどなにもせぬぞ。それに、それがしは一日六百五十文で雇われた用心棒にござる」

「矢返しの娘がたくさんいるんでしょ」

「およしさんの他におきね、おたつ、おうめさんと三人いるが、どれも可愛い娘ばかりだ」

「どうも鼻の下が長く伸びていると思ったわ」

「馬鹿野郎！　坂崎さんに悋気《りんき》してどうする」

「あらっ、まあ。お父っつぁん、まだいたの」

おこんが父親を振り返った。

「今度は邪魔者扱いか」

金兵衛が怒って出ていった。

「これじゃあ、寝ることもできないわ。片付けましょう」

おこんはさっさと片付け始めた。

磐音は畳を元に戻しながら考えに落ちた。

ふとおこんに話してみようかと考えた。

「おこんさん、位牌の人物がだれか聞いてくれるか」

おこんが頷いた。

「河出慎之輔、小林琴平とそれがしは、この四月下旬、江戸藩邸の勤番を終え、国許《くにもと》の豊後関前藩の城下に辿りついた……」

悲劇はその夜に起こった。

三人のうち、所帯持ちは慎之輔だけだった。

妻は琴平の妹の舞だ。

その舞が、

「不義密通をしていた……」

と帰着したばかりの夫に讒言《ざんげん》する者があって、その言葉に踊らされた慎之輔が舞を手討ちにしてしまった。

錯乱した慎之輔は義兄である琴平に、妹の亡骸《なきがら》を引き取りに来いと使いを寄越した。

藪《やぶ》から棒の話におっとり刀で河出邸に駆け付けた琴平は、あまりにも思慮のない慎之輔に怒り、斬り捨てた。さらに舞が不義をはたらいたと噂をまき散らした藩上司の次男坊も始末した。

藩に新しい息吹を吹き込んで改革をする夢に燃えて帰国した三人の運命は、一夜にして急転、瓦解《がかい》した。

藩ではこの刃傷沙汰の始末に混乱した。

議論の末に琴平への上意討ちが決まった。

磐音は自ら志願して琴平の討ち手になった。真相を自らの口で伝えたかったからだ。それを聞いた琴平は、磐音との真剣勝負を望んだ。

死闘の末に生き残ったのは坂崎磐音だった。

三柱の位牌を手にした磐音は、おこんに三人の幼馴染《おさななじ》みを襲った悲劇を告げた。

おこんは息を吞んで磐音の話に聞き入った。

しばらく沈黙していたおこんが思い切ったように訊いた。

「国許には坂崎さんの帰りを待っておられる方がいたのね」

「確かにそれがしには祝言《しゅうげん》を挙げる相手がいた。小林琴平と舞どのの妹、奈緒《なお》どのだ……」

おこんが青い顔で小さく頷く。

「だがな、藩の命令とはいえ兄の琴平を斬ったのはそれがしじゃ。それが平然として奈緒どのとの祝言を挙げられるわけもない。藩に暇乞《いとまご》いをして、密かに国許を出てきた……」

「なんということなの」

おこんの双眸《め》に涙が盛り上がって流れた。

「奈緒様には話したの」

「奈緒どのに話す暇などなかった。それにどの面《つら》下げて会えばいい。それがしは兄を斬った男だぞ」

「なんて可哀想な奈緒様なの」

おこんが叫んだ。

「われらは旧態依然とした藩政を変えようと話し合って、国許に帰った。それが一夜にして終わった。それればかりか幼馴染みを死なせ、妻や許婚《いいなずけ》を失った……」

狭い長屋を重い沈黙が支配した。

膝に置いていた位牌を箱の上に戻した。

白木の位牌に三人の名を書いたのは磐音自身だ。

「国許では三人の他にたくさんの犠牲者が出た。その藩が何用あって、それがしの身辺に手を伸ばしてきたか」

磐音は呟くように自問した。

「泥棒まがいのことをして坂崎さんの長屋に入り込んだのは、間違いなく藩の人間だわ。それしか考えられない」

おこんが言い切った。

「問題は、坂崎さんの知らないことが藩の内外で起こっているということよ」

「それがしの知らぬこと……」

「坂崎さんは騒ぎが終わったと思っている。でも、終わってなんかいないのよ。だってこんなことが起こったんですもの」

磐音は奈緒のことを、父の正睦《まさよし》のことを脳裏に思い描いた。

「坂崎さん、奈緒様のことを大切になさってね」

「もう終わったことだ」

「終わってなんかいない」

顔に涙の跡を残したおこんが磐音を見つめた。

「いや、すでに決着がついておる」

「坂崎さんの唐変木《とうへんぼく》！　奈緒様は今も坂崎さんに助けを求めているのよ」

おこんはそう叫ぶと長屋を飛び出していった。

三

安永元年の大晦日、あと二刻（四時間）ほどで除夜の鐘が江戸の街に響こうという頃合い、その者たちはふらりと金的銀的の店に姿を見せた。

加賀《かが》友禅《ゆうぜん》をぞろりと着た女おかるは、頭を櫛巻《くしま》きにして、匂い袋を袖に忍ばせていた。

連れは宗匠風のなりをした風流亭円也《えんや》だ。

「旦那にお目にかからしてくださいな」

無言のうちに頷いたおたつは奥に駆け込んだ。そのことを知らされた朝次は磐音に頷くと店に出ていった。

二人連れの男女は弓を手に弦を調べていた。

「いらっしゃい」

朝次が明るく声をかけた。

「そなたが主の朝次さんかな」

隠居がのんびりした口調で話しかけた。

「へえ、私が主にございます」

「もはやお分かりと思うが、結改を所望したい」

「おまえ様方が江戸の矢場を荒らし回る五人組のかたわれですかい」

「荒らし回るとは穏やかではないな。断っても一向にかまわぬが」

「その代わり看板を下ろせとおっしゃるんで」

隠居の円也はただ声もなく笑った。

「うちも東広小路で矢場を開いて長い。矢場荒らしを恐れて断ったとあっては、仲間に顔向けもできない」

「受けるというのか」

「ただ一つ条件がある」

「ほう、なにかな」

櫛巻きの女は選んだ弓の弦を白い指先で弾いていた。

磐音はその女が昨日の昼間水垢離場に舟で沐浴に来た女だと気付いた。

五人組は用意周到に金的銀的のことを下調べして勝負を挑んでいた。

「東広小路には十三軒の矢場がある。勝ち負けに関わりなく、二度と姿を見せぬと約束してもらいたい」

「主どの、われらは客として参っておる。それを、一度は許すが二度は駄目だと御託を並べるなど、商売人にあるまじき言動じゃな。それに最初から負けを認めている様子、そんな店相手に勝負を願ってもおもしろくもない。おかる、戻ろうか」

隠居は立ち上がるふうを見せた。

「両国東広小路の金的銀的は、矢場でも評判の店と聞きましたが、ご隠居さん、大したことはございませんね」

おかるも捨て台詞《ぜりふ》を吐いた。

「ご隠居さん、おかるさん、そこまで言われては朝次の顔が廃《すた》る。受けようか」

「そうこなくちゃ」

女がすぐに応じ、

「二百本賭金総取り勝負」

と言うと、胸高に締めた帯から包金二つを出した。

五十両の大勝負だ。

矢返しの女たちがごくりと唾《つば》を飲み込んだ。

朝次がおすえを見た。

おすえが顔を横に振りかけて諦《あきら》め、用意していた賭金を持ってくるために奥に立った。

その間に勝負の場が整えられた。

「ご隠居、おまえさんかい、おかるさんかい」

「ここは若い者に任せましょうかな」

五人組でも一番腕が立つというおかるを隠居は指名した。

朝次は四人の矢返しの顔を見回した。

「およし」

矢返しの姉さん株およしは、顔面蒼白《そうはく》の顔でいやいやをした。

「およし、おまえしかいねえ」

「あたしにゃ、こんな大勝負はできないよ」

腰の引けたおよしは三人の仲間たちに助けを求めた。

おうめとおたつも後込《しりご》みした。

「旦那、私が代わります」

おきねが言い出した。

およしに次いで腕がいいのがおきねだった。

「頼む」

朝次はそれだけ言った。

おうめとおたつが店の暖簾を下ろし、戸を閉めた。

矢場のあちこちに百目蠟燭《ひゃくめろうそく》が点《とも》された。

百両が三方《さんぼう》の上に置かれた。

おかるとおきねが一間の間を置いて座った。

競射は二十本ずつ交互に放つやり方で、一本でも多く当てたほうが百両の総取りだ。

先射は客のおかるだ。

すでに蘇芳の弓を選んでいたおかるは、十本ずつ並べた矢立てを二つ引き寄せ、七間半先の的を見た。するとどこか自堕落《じだらく》な色気を放っていたものが一変した。

ぴーんと背筋が伸びて五体が引き締まった。

おかるは矢立てに手を伸ばした。一度に二本の矢を右手に掴んだおかるは、流れるような動きで半弓に矢を番え、ほとんど狙う様子も見せずに放った。そして、放ったときには次の矢を番えていた。

七間半の空間を二本の矢が前後して飛び、三寸の的の真ん中に次々に突き立った。

おきねがぶるっと身を慄わせた。

おかるはさらに二本の矢を射ち放ち、さらに二本と重ねた。

動きにまるで無駄がない。

遅滞がないぶん力がかからず、矢は正確に的を射抜き続けた。

二十本の矢は三寸の的の真ん中に集中していた。

「二十筋命中にございます！」

おうめが叫ぶと太鼓を軽く叩いた。

おたつが新しい的に替えた。

紅潮した顔のおきねは膝に愛用の楊の弓を置いて、しばらく両眼を閉ざして気を落ち着けた。

った。

目を開けた。
手探りで矢を一本選び、弦に番えた。
半弓を頭上からゆっくりと下ろしてきて、眼前で止めた。止めた瞬間、矢を放った。
矢は的の真ん中近くに当たった。
矢場にほっとした吐息が流れた。
おきねは集中するように自分の心を律して矢を射続けた。
おきねの矢は的に当たったがばらつきがあった。が、二十本が命中したことで
「二十筋、命中にございます！」
おきねの表情から硬さがとれた。
二回目、おかるの流麗な動きは変わらず、ことごとく命中させた。
おきねも安定した弓を引き続けた。
三回目、四回目、双方ともに五角の技を見せて二十本を当てた。
おきねの矢も三寸の的の真ん中に集中してきた。
五回目、百本目に入った。
おかるは右手の指の間に四本の矢を挟むと、次々に速射した。それが五回繰り

返され、一瞬の間に二十本を射ち当てていた。
おきねの顔に再び緊張が走った。
五回目の十三本目、的をわずかに外れて土塁に突き立った。
「おきねちゃん、これからよ！」
おうめが激励した。
小さく頷いたおきねは必死の形相で矢を放ち、的に当てた。
小さな安堵《あんど》の吐息をおきねがついた。
が、十七本目を外し、その回は十八本で終わった。
「ここにて暫《しばら》く休憩をとります」
朝次が宣告した。
おかると隠居の挑戦者は平然としたものだ。
供された茶を悠然と飲んでいた。
百本中二本の矢を外したおきねは、
「ちょっと川風に吹かれてきます」
と大川端に出ていった。
磐音はしばらくおいて外に出た。

おきねは放心したように水垢離場を見つめていた。

「おきね、すごいもんだな。百本射って外したのはわずかに二本か」

磐音がくだけた口調で話しかけた。

振り向いたおきねは、

「もう射てない」

と泣き顔で言った。

「なあに相手も人間、失敗することもあろう。勝ち負けは時の運だ」

「親方が五十両も賭けていなさるのよ」

「金のことは親方に任せるのだ。そなたは自分を信じて、無心に射てばよい」

「怖い」

とおきねは呟いた。

「そなたの後ろには親方も朋輩《ほうばい》も控えておる」

しばし磐音の言葉を吟味するように沈思していたおきねは両手で頰《ほお》をぱちぱち叩くと、

「やります」

と言い残して店に消えた。

磐音は両国橋に足を向けた。

行く先は両国西広小路、米沢町に店を構える両替商の今津屋だ。

磐音は師走も押し詰まった刻限に今津屋を訪ねて、主の吉右衛門《きちえもん》に無理な願いを頼もうとしていた。

それが無茶な頼みであることは承知していた。また、叶えてもらえる保証もなかった。だが、手立てはそれしか浮かばなかった。

(間に合えばよいが……)

今津屋は大戸を下ろしていたが、臆病窓《おくびょうまど》から光が洩れていた。

窓に顔をつけた磐音は、

「由蔵《よしぞう》どの」

と両替商の老分《ろうぶん》番頭の名を呼んだ。


両国橋の上に、安永元年大晦日、星明かりが薄く落ちていた。

もう四半刻(三十分)もすれば除夜の鐘が鳴り響く。

橋上には人影がなかった。

東広小路の方角から三つの人影が現れた。

矢場荒らしのおかると隠居の風流亭円也。それにどこに潜《ひそ》んでいたか、着流しに細身の刀を縦に差し落とした若衆姿の有馬《ありま》数馬《かずま》が加わっていた。

三つの影が橋の中ほどに差しかかったとき、追いすがってきた女がいた。

おきねだ。

「ま、待ってください」

三つの影が振り向いた。

「お金を返してください」

矢場荒らしはだれも答えない。

「五十両の代わりに、あたしを吉原にでも品川にでも売ってください。親方に五十両を返してください、お願いします」

「ふざけんじゃねえ。勝負はすでについたんだ、おめえの責任じゃねえさ」

隠居は伝法《でんぽう》な口調で答えるとくるりと身を翻《ひるがえ》そうとした。

その背におきねが追いすがろうとした。

数馬の手がおきねの髷を乱暴に摑むと、

「望みなら深川の地獄に叩き売ってやってもいいぜ！」

と橋の上に突き転ばした。

そこへ朝次が駆けつけてきて、

「おきね、もういい。もういいんだ」

と自分に言い聞かせるように呟くとおきねの手を取った。

「金的銀的、看板が下ろしづらきゃあ、また年明けにも押しかけるぜ」

隠居の円也は言ってくるりと背を向けた。

その前に一つの影が立ち塞《ふさ》がった。

「てめえはなんだ」

数馬が訊いた。

「それがし、東広小路の矢場十三軒の用心棒でな」

「ほう、用心棒かい。今までどこに身を潜めていやがった」

「ちと用立てに行っておったのでな」

「なんの用だ」

「そなたらは矢場に無法の勝負を申し込んで、金的銀的の親方に勝負を受けてもろうた。今度はそれがしのほうから勝負を願おう」

磐音は二十五両の包金を二つ指し示した。

「両替商の今津屋どのからたった今用立ててもらった五十両、正真正銘の小判五十枚でござる」

磐音の言葉はあくまでのんびりとしていた。

「おめえはおれたちに刀勝負を挑もうというのかい」

隠居の円也が笑った。

「さよう。三人にても構わぬが」

五十両を橋の欄干《らんかん》の下に置いた。

「大言壮語を吐いたものだぜ」

隠居が若衆を見た。

「隠居、おかる、この世知がらい大晦日の両国橋に五十両が転がっているんだ。貰っていかぬ手はあるまい」

数馬が笑うと磐音の前に進み出た。

隠居が懐から袱紗《ふくさ》包みを出すと、包金二つを磐音の五十両の横に並べた。

「勝負は一対一でよいのじゃな」

磐音が念を押した。

「手に余るわけもねえ」

数馬がうそぶいた。

「浪人、おめえの流儀を聞いておこうか」

「直心影流佐々木玲圓門下にござる」

「なにっ！　神保小路の佐々木道場か」

数馬の血相が変わったのを橋の袂《たもと》の常夜燈が照らし出した。

「おもしろい」

数馬は腰を沈めた。

居合いが得意なのか、抜き打ちに磐音を倒す気だ。

磐音もわずかに右足を踏み出した構えで立ち向かった。

間合いは二間。

一歩でも踏み込めば、死地に入った。

不動の対峙が始まった。

星明かりの下、二人は微動だにしない。

大川を筑波《つくば》おろしが吹き抜けて、数馬の裾をばたばた揺らした。

川面を荷足舟《にたりぶね》でも行くのか、船頭の話し声と櫓《ろ》の音が気怠《けだる》く響いてきた。

数馬ののっぺりした顔に薄く汗が浮かんで光った。

磐音は右足を上げ、橋の板を軽く蹴った。

とーん
それに誘われるように数馬が突進してきた。

低い姿勢から細身の刀を抜き、迅速にも磐音の胴を抜いた。

磐音も迎え撃って走り、大包平二尺七寸を抜き上げた。

二剣は虚空で絡み合った。

キーン！

鋼の音が両国橋に響き、数馬の細身の剣が折れ飛んだ。

「おっ！」

数馬は折れた剣を手に前方へ走り抜けようとした。

磐音は片足立ちに反転すると包平を引きつけ、間合いの外に逃れようとしながら脇差に手をかけた数馬の背に言った。

「勝敗は決した、金はいただこう」

磐音は欄干の下の金子《きんす》に手を伸ばした。

殺気が走った。

振り向いた磐音の視界に脇差を抜き放った数馬が迫っていた。

右手に提げていた包平が気配もなく擦《す》り上げられた。

数馬の脇差を躱して大帽子《きつさき》が数馬の首を撫で斬った。

ぴゅーっ！

血飛沫が夜空に飛んだ。

数馬は身を捩《よ》じるようによろめいて後退《あとずさ》りし、反対側の欄干に上体をぶつけ、両足を虚空にばたつかせると眼下の流れに落ちていった。

「やりやがったな！」

おかるが懐の短刀を抜こうとした。

その手を隠居の円也が押さえた。

「この礼は必ず返すぜ」

二人は足早に西広小路へと姿を消した。

磐音は血振りをして、見物の二人を振り返った。

朝次とおきねが放心したように立っていた。

「親方の五十両ですよ」

包金二つを手に握らせると、残りの五十両を磐音は懐に入れた。

「今津屋さんで借りて参ったのだ、返してこよう」

両国橋の西詰に歩き出した磐音の背に朝次が、

「坂崎さん、ありがてえ」

と声をかけ、伏し拝んだ。

両国橋に除夜の鐘が響き、おきねの泣き声が混じった。

激動の一年が暮れようとしていた。

四

百八つの鐘の音が煩悩《ぼんのう》を清めて、新玉の年が明けた。

仕事が休みの職人衆や勤番侍たちが両国の東詰の盛り場に集まり、金的銀的も押すな押すなの客で連日賑《にぎ》わった。

磐音はいつにも増して張り切る四人の矢返しの娘たちの疲れを忘れさせようと、控え部屋をきれいに整え、お茶と甘い物を用意して休憩に来るのを待った。

元日、一番に体を休めに来たのはおよしだ。

朝一番で髪結いに行ってきたという島田髷から鬢付油の匂いが漂ってきた。

「ご苦労さん」

磐音が茶を差し出すとおよしは改まって言った。

「坂崎の旦那、昨日はほんとにありがとう」

「なんのなんの、それがしの仕事だ」

およしが顔を横に振った。

「親方とおきねちゃんに聞いたの、旦那は向こう岸の今津屋さんから五十両を借りてきてあいつらに勝負を挑んだってね。そんなの、六百五十文の用心棒がやることじゃないよ」

「おきねが必死に戦っておったからな」

およしが頷くと、

「だらしないのはあたしよ。全身が震えてどうにもならないんだもの」

「およしさん、それが尋常の人間だ」

「…………」

「矢場は三十本六文で楽しむ場所だ。五十両を賭けて大勝負するところではない」

「それもあたしたちの仕事のうちなの」

「除夜の鐘が、嫌なことも辛いこともすべてを洗い流してくれた。われらは新たな年を迎えたのだ、せいぜい男客を楽しませて稼いでくれ」

「あいよ」

冷えたお茶を一気に飲んだおよしは、

「ひと稼ぎしてくるわ」

と店に出ていった。

おきねが休みに来たのは夕暮れ前だ。

「大勢の客を相手して疲れたであろう」

おきねは硬い表情で顔を横に振ると、

「坂崎さん、こんどの休みにあたしと付き合って」

といきなり言った。

「どこぞに連れていってくれるのか」

「美味しいものをご馳走するわ」

「有難い」

「ほんとはそんなことで済む話じゃないんだけど……」

「深川六間堀の住人同士、助け合うのは当たり前というもの」

「坂崎さんは宮戸川で鰻割きの仕事をしてるんですってね、幸吉ちゃんに聞いたわ」

「おきねさん、鰻だけは遠慮するぞ」

「嫌いなの」

「嫌いもなにも、江戸前の鰻はまだ食うたことがない」

「あらまあ」

「毎朝割いているうちに情が移ってな、どうも食う気が起こらん」

おきねがけらけらと笑ったが、ふいに顔を元に戻した。

「坂崎さんはあたしが最初から負けると思ってたの」

「いや、思ってはおらぬ」

「ならどうして今津屋さんへ走ったの」

おきねは磐音にからむように言った。

おきねには矢返しの沽券《こけん》があった。

「おきね、勝負は背負っているものが多い者が負ける。あやつらは結改が仕事ゆえ、三回勝負して二回勝てば、儲けになる。そなたは親方の金で、絶対に負けられない勝負を強いられたのだ」

「やっぱり結末を知ってたんだ」

「おきね、そういじめんでくれ」

「いじめてなんかいませんよ、今年もよろしく」

おきねがおどけて言った。

「こちらこそよしなに頼む」

ふいにおきねが小指を差し出して、磐音の小指にからめた。

「あたしとの約束忘れないでね」

「忘れはせぬ」

「指切りげんまん、嘘ついたら針千本飲ます……」

磐音の脳裏にふいに奈緒の白い顔が浮かんだ。

(奈緒、どうしておる。会いたい……)

無性にその衝動に駆られた。


朝次とおすえが、お重にお節《せち》料理と徳利を持って姿を見せたのは、元日の夜、そろそろ店終いという刻限だ。

「うちじゃあ、元日の仕事が終わったあとにみんなで一杯飲んで新年を祝うんでさ」

朝次は磐音に杯を持たせると、

「女たちもすぐに来ますがね、私の酒をまずは受けてもらえませんか」

「いただこう」

男二人は互いの杯に酒を注ぎ合い、目の高さに上げた。

「親方、新年おめでとうござる」

「坂崎さん、おめでとう」

二人はゆっくりと酒を飲み干した。

喉を美酒が流れ落ちて、胃の腑《ふ》に収まった。

「うまいな」

「今年の正月の酒は格別ですよ」

男二人の席に女たちが加わった。

「ご苦労さん」

朝次が矢返しの娘たちに酒を注いで回った。

全員が揃ったところで新年の賀を祝して酒を飲み合った。

「ああ、仕事のあとのお酒ってなんておいしいんだろう」

おたつが陶然とした顔で言った。

「おたつは酒が好きだからな」

朝次が言った。

「親方、お酒がおいしいのはあたしがお酒好きだからじゃないの。あたし、嬉しくってさ」

おたつが磬音に視線を向けた。

およしが叫んだ。

「おたつちゃん、駄目よ、色目遣ったって。あたしが先だからね」

「おねえさん、それぱっかりはおたつさんもおねえさんも駄目だからね。あたしと坂崎さんの間にはもう約束ができてるんだからね」

おきねが言い、おうめが、

「ずるい！」

と抗議した。

「驚いたね、うちの娘たちみんなが坂崎さんを張り合ってるよ」

朝次が笑った。

「おまえさん、私も乗りますよ」

「おやおや、うちのかかあまで参戦だ。坂崎さん、どうです、もてる気持ちは」

「それがし、生涯最初で最後の夜でござろうな」

「ござろうときたぜ、坂崎さんは」

「親方、浅葱裏《あさぎうら》が江戸の女にもてたためしはござらん」

「坂崎さんは別です！」

おきねが立ち上がって叫んだ。

「おいおい、年越しの戦は願い下げだぜ」

朝次が平伏した。


磐音は宮戸川が店を開いた正月二日より鰻割きの仕事を再開し、そのあとに金的銀的の仕事に向かった。

三が日、金的銀的はいつもの年より稼いで暖簾を仕舞った。

その日、朝次は給金の他に娘たちにお年玉を渡した。

「親方、どうやら五人組も姿を見せなかった。それがしの仕事もこれできりをつけたい」

磐音が言い出し、娘たちもおすえも磐音を注視した。

「なあに、なにか面倒が起こればすぐに六間堀から馳《は》せ参じる」

「坂崎さんらしいね、黙っていれば一日六百五十文にはなるのにさ」

「仕事もしないで鳥目《ちょうもく》をいただくわけにはいくまい」

朝次は五日分の給金、三分一朱の他に二分を加えて一両一分一朱をくれた。

「親方、これで当分腹を空かせずに済む」

「坂崎さんも変わったお方だ」

それが朝次の感想だった。

おきねとは猿子橋の袂で別れた。

「松の内を過ぎたら休みが貰えるの。浅草の観音様にお参りしてさ、なにか食べようね」

おきねはそう言い残すと唐傘長屋に姿を消した。


磐音は宮戸川で稼ぐ日当七十文がただ一つの収入になった。だが、矢場で稼いだ一両一分一朱の金があったので、なんとなくのんびりしていた。

六日の夕暮れ、品川柳次郎を北割下水に訪ねて近くの煮売酒場に誘い出した。

「遅くなったが、一両だけお返ししたい」

今津屋の仕事を終えた夜、磐音は両国橋上で剣客天童赤司と決闘に及び、天童を倒すには倒したが磐音も肩に傷を負った。

そのとき、治療代を一両ほど柳次郎が立て替えていた。

柳次郎が磐音の顔を見て訊いた。

「年の瀬から正月にかけて仕事をしていたのですか」

磐音は矢場荒らしの一件を話した。

「なんてこった。わずか六百五十文の日当のために五十両を賭けて勝負をしたとは」

「どうも両国橋はそれがしの鬼門のようだな」

「鬼門もなにも、坂崎さんのほうが仕向けているようですよ」

と苦笑いした柳次郎は、

「有難く一両はいただいておきます。その代わり今日の酒代はおれ持ちです」

二人は五合ばかりの酒を鰤のあらと大根を煮たもので飲んだ。

磐音が金兵衛長屋に陶然とした気持ちで戻ったのが四つ（午後十時）時分だ。

七日は宮戸川の休みの日だ。

ゆっくりのうのうと朝寝ができた。

「浪人さん、寝ている場合じゃねえぜ、おきね姉ちゃんが殺されたんだよ！」

幸吉の絶叫に起こされたのは六つ半（午前七時）前の刻限だ。

「いま、だれが殺されたと申したか」

磐音はがばっと夜具を跳ねのけて起き上がると訊いた。

「おきね姉ちゃんが殺されて見つかったって、たった今長屋に知らせが入ったんだよ」

「なんだと！」

磐音は全身に冷水でもぶっかけられた気分に襲われた。

「待ってくれ」

磐音は寝間着を着替えて裾のほつれた道中袴《ばかま》を身につけた。脇差を帯に差し、包平を手にすると草履《ぞうり》を突っかけた。

「どこだ、案内《あない》してくれ」

「六間堀と竪川のぶつかる松井橋の下に浮いてたそうだよ」

「矢場の帰りか」

「おきね姉ちゃんのお父っつぁんもおっ母さんも、たまに矢場に泊まり込むことがあるんでよ、帰りを気にしないでいたらしいや。そしたら、荷足舟の船頭が長屋に駆け付けて大騒ぎだ」

二人は六間堀を走った。すると朝靄《あさもや》の中に猪牙舟が浮かび、岡っ引きか、羽織を着た初老の男が手下たちに指図していた。

おきねは俯《うつぶ》せに岸に引き上げられ、筵の上に仰向《あおむ》けに直された。そのそばで髪を振り乱した女が泣き叫んでいた。

「おきね姉ちゃんのおっ母さんだ」

かたわらには呆然と男が立っていた。職人だという父親だろう。

おきねの首筋と胸には、刃物で抉《えぐ》られた痕《あと》が残っていた。そして、襟元《えりもと》に一筋の矢が残されていた。

(矢場荒らしの仕業だ)

竪川から町奉行所同心ら一行を乗せた御用船が姿を見せた。

「幸吉どの、矢場の朝次親方にこのことを知らせてくれ」

「浪人さんはどうするんだい」

「思いついたことがある」

「おきね姉ちゃんを殺した者の当てがあるんだね」

磐音は曖昧に頷き、松井橋の袂で二手に分かれた。

磐音が訪ねたのは数寄屋橋際の南町奉行所だ。表門は非番を示して閉じられていたが、潜り戸が開いていた。

門番に、年番方与力笹塚孫一様はご出仕かと訊いた。

「そのほう、笹塚様とは知り合いか」

「笹塚様とは昵懇《じっこん》の間柄、坂崎磐音と申す」

磐音は内藤新宿で知り合ったばかりの笹塚との仲を大仰《おおぎょう》に告げた。

「笹塚様は夜明しをなされたはず、待っておれ」

門番が奥に消えた。しばらくして、潜り戸の中に入れられた。すると玄関の式台に小柄な笹塚孫一が立っていた。

「そなたか」

無精髭がまばらに生えた顔には昨夜からの疲れがこびりついていた。

「借りを早々に取り立てに参ったか」

磐音の緊張した顔色を読んだ笹塚が言い、磐音が頷いた。

「わしの用部屋に参れ」

笹塚は夜明ししていたという部屋に磐音を請《しょう》じ入れた。部屋中、書物と書類と帳簿の山で、笹塚が与力として勉強家であることを示していた。

「話を聞こう」

　磐音は矢場荒らしの五人組のことと、自らが体験し見聞きした賭矢のことから両国橋での決闘、さらには矢返しのおきねが襲われて殺された一件までを告げた。

　話を聞き終えた笹塚孫一は、

「そなたの周りには常に暗雲が立ちこめておるのう」

と言った。

「いささか役目違いじゃが、ちと待て、調べてみる」

と部屋を出ていこうとして立ち止まった笹塚は訊いた。

「そなたは、確か神保小路の佐々木玲圓先生の門弟であったな」

「はい、それがなにか」

「いや、なんでもない」

　笹塚は出ていった。

　磐音は笹塚孫一の用部屋で二刻（四時間）以上も待たされた。

　昼の刻限、せかせかと戻ってきた笹塚孫一は、

「およそのことは分かった。そなたが知りたいのは、四人になった矢場荒らしがどこをねぐらにしているかということだな」

「はい」

「おきねの仇《あだ》を討つか」

「いけませぬか」

「切口上じゃな」

「今日のそれがしは怒りに狂っております」

「坂崎、あやつらのことは町奉行所でも内偵に入っておった。そなたが両国橋で始末した有馬数馬は、西国大名の江戸屋敷のお長屋で生まれ育った男だ。隠居の風流亭円也、弓上手のおかる、浪人の一ノ瀬《いちのせ》彦之丞《ひこのじょう》、お店者風の鉄蔵《てつぞう》は尾張名古屋で知り合い、矢場荒らしの腕を磨いたらしい。こやつらが江戸に上ってきたのが去年の夏のことよ。まずは四宿の品川から、矢場に賭矢を申し込んでは荒稼ぎしてきた。推測だが、七、八百両は稼いだそうな。千両は超えていようという定《じょう》廻《まわ》り同心もいる……」

「かような者たちを野放しにしておられたのは町奉行所の怠慢です」

「矢場が届け出てくれれば早くに動きようもあった」

そう答えた笹塚孫一は、

「坂崎、こやつらはお縄になれば打ち首獄門は間違いない。おきねのように何人か犠牲になっておるでな」

「おきねを無残な目に遭わせた者だけでも、それがしが仇を討ちとうござる」

「それがちと面倒でな。あやつら、隠居の円也のつてで、西本願寺の社地にある末寺に潜んでおる」

「寺社奉行に掛け合われるおつもりか」

いや、と笹塚は首を横に振った。

「それではやつらが稼いだ千両が寺社方に持っていかれるではないか。南町では探索の費用が足りぬのだ、これは見逃せぬ」

「では……」

「ああ、内藤新宿のときのように……」

と言葉尻《ことばじり》をにごした笹塚孫一は指先で伸びた鼻毛をつまんで抜き、大きなくしゃみをした。


西本願寺は真宗本願寺派の別院であり、明暦の大火のあとに、大名家の下屋敷などが並ぶ築地に移ったものだ。

江戸の海に近く、三方が海から引き込まれた運河に囲まれていた。

この深夜、運河に架かる本願寺橋近くに一艘《いっそう》の猪牙舟が着けられた。

慣れぬ手で櫓を操っているのは磐音だ。そして、連れは、平服に頰被りをした笹塚孫一ただ一人だ。

西本願寺には末寺が七十余もあった。

隠居の風流亭円也ら四人が潜んでいるのは平光寺だった。

舟を止めた磐音は築地塀《ついじべい》の上に笹塚孫一の尻を押し上げ、自らも乗り越えた。

塀の内は竹藪で、潮風に笹がさわさわと鳴っていた。そして、その向こうに離れ屋があって、明かりが点り、影が障子に映っていた。

酒でも飲んでいる様子だ。

磐音は腰を揺すって包平を落ち着けた。

「坂崎、矢場荒らしは昔の仲間に襲われた……」

「殺せと申されますか」

「下手に生き残らせてみろ。お調べだ、お裁きだと面倒だ」

「笹塚様はいつも濡れ手で粟《あわ》にございますな」

「世間というもの、刀を振り回す者、頭を使う者と、持ち場が決まっておる」

二人は離れに接近した。

「隠居、そろそろ江戸を離れたほうがいいんじゃないのかい」

鉄蔵らしい声が言いかけた。

「あと二つ三つは稼げよう」

円也が答えると
「私もそろそろ上方に高飛びの時期だと思うがねえ」

とおかるが異を唱えた。

「数馬が死んで、肌が寒いか。ならば今晩からおれが慰めてやってもいいぜ」

浪人の一ノ瀬彦之丞が、おかるに言いかけた。

「なに言ってやがる。これまでおまえさんがなんぞ役に立ったことでもあったかい」

おかるが吐き捨てた。

「待て！」

一ノ瀬が片膝をついた。

「庭にたれぞいる」

鉄蔵が障子に飛びつくと開けた。すると庭の泉水のかたわらに、頬被りをした五尺に満たない男が立っていた。

「だれだ、てめえは」

「南町の与力笹塚孫一」

「なんだと！」

鉄蔵が懐の匕首《あいくち》を抜いた。

「そなたらの始末人は、ほれ部屋の中じゃ」

四人が思わず隣の部屋を振り返った。

その瞬間、庭の暗がりに身を潜めていた磐音が抜き身の包平を下げて、十二畳の座敷に飛び込んだ。

「うっ！」

振り向いた鉄蔵の首筋を包平の大帽子《きっさき》が突き刺した。

「おかる、一ノ瀬、騙《かた》られた！」

隠居の円也が悲鳴を上げ、一ノ瀬が剣を抜き放った。

包平に喉を刺し貫かれた鉄蔵の体に足を掛けた磐音は、一ノ瀬の攻撃を躱すべく、前に蹴り倒した。悶絶《もんぜつ》する鉄蔵の胴に一ノ瀬の刀が食い込んだ。

磐音の包平が再び必殺の突きをみせて、一ノ瀬彦之丞の動脈を斬り裂いた。

血飛沫が飛んだ。

「やりやがったな！」

おかるが懐剣を逆手に構えた。

「おきねを殺したのはそなたか」

「ああ、私と隠居だよ」

「許せぬ」

包平が、突っ込んできたおかるの胴を横一文字に斬ると、返す刀で隣の部屋に逃げ込もうとした円也の背を深々と割った。

重い静寂が寺房の離れを支配した。庭から、

「ふーう」

と息が洩れた。

「さすがは佐々木玲圓道場の逸材じゃな。佐々木どのも言われておったわ、居眠り剣法が豹変するとき、たれも敵《かな》う者はあるまいとな」

笹塚孫一は佐々木先生に会ったのか。

「坂崎、先生の伝言じゃ。明日にも神保小路に顔を出せとおっしゃっておられた」

「いつ先生に会われましたのか」

「今朝に決まっておるわ」

「…………」

「そなたに一抹の不安を抱いたでな、念のため先生に人柄なんぞを確かめて参った」

南町の偉才与力は平然と説明すると頬被りを取った。そして、大頭を振ってひょこひょこと座敷に上がり、矢場荒らしが稼ぎ溜めた金を探し始めた。

磐音は庭に下りると、包平を泉水に浸して血のりを洗い流した。

(おきね、馳走になりはぐれたぞ)

磐音の胸の内を一陣の風が空虚《うつろ》に吹き抜けた。

第三章　柳橋出会茶屋

一

朝まだき、坂崎磐音は九月《くつき》ぶりの懐《なつ》かしい音を聞いていた。

竹刀《しない》と竹刀が打ち合わされ、竹刀が防具を叩く鈍い音である。そして、間断なく気合いが重なった。

神保小路で直心影流の看板を三代にわたって掲げる佐々木道場には、大名家の家臣や幕臣旗本の子弟たちが多く通っていた。

磐音は豊後関前藩から剣術修行を許され、三年間汗を流した。最初の一年は住み込み稽古、残りの二年は江戸屋敷から通いながらの修行であった。

途中から小林琴平と河出慎之輔が加わった。

帰国に際して佐々木玲圓道永《みちなが》は、三人に最後の稽古をつけてくれた。そして、国許の中戸信継のもとでさらに稽古を積むよう、戒めの言葉とともに目録を磐音と琴平に授けてくれた。

藩政を一新する望みを抱いて江戸をあとにして九月足らず、磐音の身辺は大きく変化していた。

磐音は羽織を直すと門を潜った。

当今佐々木道場は門弟の数と、厳しい稽古により、江戸随一の道場として知られていた。

玄関横の庭では素足で木剣の素振《すぶ》りを繰り返す若い門弟が二人いた。これは足裏に体の運びと、動きを覚え込ませるためだ。

二人とも磐音の見知らぬ顔であった。

磐音は式台の前で一礼すると草履を脱ぎ、備前包平《かねひら》を腰から抜いた。

早朝、関前藩の通い稽古の門弟たちはまだ顔を見せない刻限だった。

百余畳の道場では、二十数名の弟子たちが延々と続く打ち込み稽古を繰り広げていた。

磐音は板の間の端を上段の間に向かった。すると、神棚の前に正座して弟子たちを見守っていた佐々木玲圓の視線が磐音を認めた。

磐音は道場の端に正座すると板の間に額を擦りつけた。

ふいに稽古の音がやんだ。

平伏する磐音を静寂が包んだ。

「坂崎磐音、頭を上げよ」

「はい」

磐音が顔を上げた。

師の視線が磐音を見詰めていた。

師弟は長いこと無言の会話を繰り返した。

(よう戻ってきたな)

豊後関前藩で神伝一刀流の道場を開く中戸信継を通じて、磐音らに起こった悲劇のすべては玲圓に伝わっていた。

磐音は師を拝顔した。

(お懐かしゅうございます)

「磐音、相手せよ」

玲圓がふいに立ち上がった。

た。
「はっ、はい」
脇差を抜き、羽織を脱いだ磬音に、内弟子の一人、今戸《いまど》永助《ながすけ》が木剣を差し出した。
「お借りする」
稽古を中断していた門弟たちが道場の左右の壁に下がって正座した。
師と弟子は道場の中央に立った。
師匠も弟子も正眼をとった。
磬音は脳裏に、
(己はこの場に立つ資格があるのか)
という疑いを去来させた。
道場は剣を修行する者にとって清浄なる場であった。
佐々木は常々、
「剣の修行は人を斬るためのものにあらず」
と教え諭してきたのだ。
この九月、磬音は藩命や生計《たつき》のためとはいえ、血を見る戦いを繰り返してきた。
磬音の五体には死と血の臭《にお》いがこびりついていた。

「参る」

相正眼の佐々木玲圓は声を発すると、巌《いわお》のように押し寄せてきた。

直心影流の流祖山田《やまだ》平左衛門《へいざえもん》光徳《みつのり》一風斎《いっぷうさい》と兄弟子の祖父佐々木周太月湛《しゅうたげったん》から猛稽古をつけられ、才能を開花させた玲圓道永は、

（炎の剣）

として江戸の剣術界に知られていた。

全身からめらめらと熱を放射しながら師が磐音に殺到してきた。

その瞬間、磐音は踏み込みつつ、師の攻撃を迎え撃っていた。

木剣と木剣が絡み合い、乾いた音を発した。

玲圓は、

（これは……）

と思いつつ、二撃目を右の肩口に落とした。

磐音が払った。

今度は磐音が仕掛け、玲圓が払った。

師と弟子は目まぐるしく攻守所《こうしゅところ》を変えながら木剣を振るい続けた。

どちらかが受け間違えば、致命的な怪我をした。いや、死さえ想起させるほど

激しい打ち合いになった。

居眠り磐音、居眠り剣法の謂《いわ》れは、

（待ちの剣）

の剣風からだ。だが、対決する磐音には、柔らかく受け流す居眠り磐音は感じられなかった。玲圓の攻撃に耐えながらも無意識のうちに反撃の機を窺っていた。

玲圓の木剣から炎が立ちのぼった。

連鎖した攻撃が鋭さを、激しさを、早さを増した。

磐音は師が炎と化したとき、初めていつもの自分を取り戻していた。

無意識のうちに秘めた攻撃の構えを捨てた。

無念無想、受けの剣が戻ってきた。

炎と水が正確無比にぶつかり合っていた。

それは四半刻（三十分）以上も続いた。

門弟たちは固唾《かたず》を飲んで凝視していた。

玲圓の木剣が磐音の眉間に鋭く落とされ、磐音が力を殺《そ》ぐように受けた直後、玲圓が磐音のかたわらを駆け抜けて、くるりと反転した。

「引け、磐音！」

言葉を聞く前に磐音は床の上に屈して頭を下げていた。

「見たな」

玲圓が門弟たちを見回した。

押し堪《こら》えていた息とともに、

「はっ！」

という応答が道場に響いた。

磐音は井戸端で顔と手足を洗ったあと、師匠の居間に通された。

玲圓が稽古着から普段着に着替えて姿を見せた。すると間合いをみていたように熱い茶と梅干しが供された。

運んできたのは、内弟子の今戸永助だ。磐音の弟弟子にあたり、出羽《でわ》山形藩から剣の修行に来ていた。

玲圓が茶碗をとって茶を喫した。

「磐音も飲むがよい」

と許しを与えた。

その声音は実に優しかった。

「先生」

と言いながら師範代の浅村新右衛門《あさむらしんえもん》が入ってきた。

その顔に興奮が漂っていた。

「それがし、長年道場に関わってきましたが、あのように炎がめらめらと燃え上がる打合いを拝見したのは初めてにございます」

玲圓が静かに頷いた。

「居眠り磐音の剣は、新たな域を得たな」

生死の境を潜り抜けた経験から得られた新境地と、その場にあるものは知っていた。

そのとき、磐音は孤独を感じていた。

師のもとに帰るべき途は絶たれていた。

「先生、己の無能を悟ってございます」

その場を去ることができずに残っていた永助が吐露した。

「永助、磐音に恐れを抱いたか」

「はい、江戸を発《た》たれたときの坂崎様ではありませぬ。違ったお方がここにおられます」

今戸の顔には畏怖《いふ》と尊敬があった。

「永助、剣の道は一筋ではない。百人おれば百通りの修行の仕方が、到達すべき境地がある」

「はい」

「そなたはそなたの道を見つけるのじゃ」

「はい」

そう答えて永助が下がっていった。

「磐音が豊後関前を出たと中戸先生より便りを貰《もろ》うたとき、直面すべき現実から逃げたのかと心配いたした。杞憂《きゆう》であったわ」

玲圓が静かに破顔した。

「いえ、逃げたのでございます」

磐音は正直に答えた。

玲圓は首肯《しゆこう》すると茶を飲んだ。

「磐音、そなたの長屋に押し入った者がいるそうではないか」

と訊いた。

「よくご存じでございますね」

「なあに、昨日南町の与力どのがここに参られて、あれやこれやとそなたのことを訊いていかれた。あの御仁、ここに来る前にそなたの長屋も訪ねたとか。武家姿の泥棒が貧乏長屋に押し入ったことを不思議がっておられたぞ」

笹塚孫一は坂崎磐音を奉行所に待たせて、矢場荒らしの隠れ家を追うと同時に磐音の身辺を徹底的に調べ上げていた。なんとも油断のならない男だ。

「磐音、そなたが深川六間堀に住んでおることを知らせてくれたのは勘定奉行所の日村綱道どのでな」

やはり、と磐音は頷いた。

「そのことを承知しているのはそれがしと、ここにおる浅村だけだ」

師範代の新右衛門を見た。

「磐音、すまぬことをした」

新右衛門がいきなり頭を下げた。

「おれはな、うっかりそのことを、豊後関前藩の江戸屋敷の使番畔蔵多門《あぜくらたもん》どのに喋ってしまった。そなたの身辺にそのような大事が起こっていたとはまったく知らなかったのだ。昨夜先生に聞かされて、己の口の軽さを恥じ入っていたところだ」

新右衛門は何度も詫《わ》びの言葉を口にした。

畔蔵は佐々木道場の古い弟子の一人だ。

「浅村様、どうぞご懸念なく……」

と磐音は新右衛門に言い返すと、

「先生、長屋に入った者は豊後関前藩の者と思われますか」

と尋ねてみた。

「そなたの身過ぎ世過ぎは笹塚どのから、おおよそのところは聞いた。どう考えてもそちらの関わりとも思えぬ。それでな、あの与力どのに伝言を頼んだのじゃ」

「そうでございましたか」

「磐音、そなたは豊後関前藩との関わりを絶ったつもりでいるかもしれぬ。だが、相手はそうは考えておらぬのではないか」

「それがしには思いあたるところがございません」

「ならばよいが……」

玲圓はそう言うとその話題に蓋《ふた》をした。

その夜、唐傘長屋でおきねの通夜が行われた。

磬音が顔を出すと、矢場金的銀的の朝次とおすえの夫婦が悲痛な顔で、おきねの父母のかたわらに座って話していた。

磬音は放心したままの両親に悔やみを言うと、おきねの亡骸に線香を上げた。

「坂崎さん、大家さんの家におよしたちもいる。会っていってくれませんか」

朝次が言った。

頷いた磬音が九尺二間の長屋を出ると、幸吉が何人かの子供と一緒に井戸端に立っていた。

「浪人さん、こいつら、おきね姉ちゃんの弟と妹たちなんだ」

磬音は頷くと、

「おきね姉ちゃんに代わって、そなたらが父上や母上を助けるのだぞ」

と言いながら一番小さな女の子の頭を撫でた。

「坂崎さん、こっちだ」

長屋を出てきた朝次が大家の家に案内する気か、木戸口に向かった。

「親方、それがしはもう少し用心棒稼業を続けるべきであったな」

「私ももっと娘たちの身辺に気を配るべきでしたよ。お互い言い出せばきりがない」

そう言った朝次がくるりと振り向くと、

「昼間に、えらくちびっこい南町の与力がふらりとうちに顔を見せて、昨夜のことを告げていきましたぜ。おきねの仇《あだ》を坂崎さんは立派に討ってくだすったんだね」

「そのようなことくらいしかそれがしにはできぬ」

「だれにでもできるこっちゃありませんや」

「親方の胸だけに仕舞っておいてくだされ」

朝次が頷いた。

磐音は宮戸川に鰻割きに通う日々に戻った。

給金は日当七十文だが、たっぷりした朝餉がついた。だから、夕刻に雑炊を炊いて食べるだけでなんとか一日が凌《しの》げた。だが、一日七十文で過ごせるわけもない。

朝次から貰った一両一分一朱は、一両を柳次郎に返して一分一朱が残った。それも遣い果たした。

(なんとかしなければ……)

　そんなことを考えながら、磐音はその日も宮戸川の裏口を出た。

(だいぶ朝風呂にも行ってないな)

　と思いながら六間堀に出ると、品川柳次郎が堀端に立っていた。

「鰻割きは終わりましたか」

　頷いた磐音が言った。

「品川さんは蜆採りをしていたそうですね」

「寒い上に銭にならないのでやめました」

　柳次郎はあっさり言うと、

「新手の仕事を見つけました」

「それはよかった」

「坂崎さんも一緒です。おれ一人ではできないのでね」

「なにっ、それがしも」

　磐音は思わず喜びの声を上げた。

「やりますか」

「懐には、今貰ったばかりの七十文しかありません。また家賃を溜めてしまいましたし、なんとかしなければと考えていたところです」

「仕事先は川向こうです」

二人は足早に本所深川を抜けると東広小路に出た。

今日も広場には朝市が立って賑わっていた。

「おれのじい様は、なかなか顔の広い男でね、御家人のくせにお店者《たなもの》から大工の棟梁《とうりょう》となかなか多彩な交わりをもってました。揉《も》め事を内緒で解決したりして重宝がられ、金に困ったことはなかったそうです」

両国橋を渡りながら、柳次郎が言い出した。

「ところがその倅《せがれ》の親父ときたら甲斐性《かいしょう》なしだ。いつだってうちに銭があったためしなんてありゃしない。一方、お袋は愚痴《ぐち》しか言わないような女で、小言を聞くのがいやさに親父は釣竿を抱えて外に逃げる。釣れようが釣れまいが、お袋と顔を合わせなければいいのです」

柳次郎は初めて身内のことに触れた。

「親父に釣仲間がいましてね、元大工町の蠟燭屋の明石屋《あかしや》参左衛門《さんざえもん》です。この男、還暦を超えてなかなかの道楽者だそうです。四、五年前に女房が死んだのをいいことに品川の若い女郎を身請けして、家のそばに囲った。おきくは二十……」

「だいぶ年が離れていますね」

柳次郎の仕事というのが分からないまま、磐音は相槌《あいづち》を打った。

「四十も離れてます」

「で、なにか差し障りが生じましたか」

「参左衛門は、近頃おきくが外に男を作ったようだ、浮気をしているというのです。それを釣仲間の親父に相談しましてね、親父が暇な倅を働かせようと、おれの名を出したというわけです。とにかくおきくの相手を見つけだして、相手の男を説得してうまく手を引かせたら、明石屋はそれなりの金を用意するというのです」

柳次郎はどうだという顔で磐音を見た。

「間男を探す仕事ですか」

「いやですか」

「そんなことを言える余裕はありません」

「それはこっちも一緒だ」

「おきくどのに男がいなかったら、お金になりませんね」

「それはこれからの交渉次第です」

「もし駄目ならばどうします」

「参左衛門がそんな了見の狭い老人なら考えがあります」

「…………」

「おきくに男がいたことにして、苦労して説得し、手を引かせたことにしてもいい。まあ、なんとでもなりますよ」

柳次郎はいい加減なことを言った。

磐音も他に仕事の当てがないのだから、黙ってついていくしかない。

二

日本橋の元大工町の蠟燭屋明石屋は創業百余年の老舗《しにせ》で、店構えも堂々としており、番頭たち奉公人もしっかりと躾《しつけ》がなされていた。

店先にはお寺用の三百目掛け、百目掛けの大蠟燭から懐紙蠟燭、仰願寺蠟燭などと呼ばれる小蠟燭まで大小が取り揃えられ、絵入り蠟燭も品数が揃っていた。

柳次郎が番頭に名を名乗ると、話が通されていたようですぐに奥座敷に上げられた。

庭も京風の小粋《こいき》な造りで、南天が赤い実を見せていた。

女中が茶を運んできて、下がっていった。

さらにしばらくして、

「お待たせしましたな」

と明石屋参左衛門が姿を見せた。

鶴のように痩せた長身に白髪頭が乗り、飄々《ひょうひょう》とした風采《ふうさい》だった。

「どちらが品川様のご子息かな」

柳次郎が頷くと、

「それがしが品川清兵衛《せいべえ》の次男、柳次郎にございます。また同道いたしましたるは坂崎磐音、それがしが兄と私淑《ししゅく》する人物でしてな、腕も一流なら、人柄も信頼がおけます」

参左衛門は小さく頷くと二人を観察するようにじっと見た。

「用件は父上から聞かれましたな」

「ご愛妾おきくどのに男がおるとのこと」

参左衛門は瓜《うり》のように長い顔を縦に振って首肯した。

「確証がおありですか」

「勘です」

「それだけで……」

「さよう」

「例えば金遣いが荒く、何に費消《ひしょう》したか分からぬとか。お囲いになっている家に男が深夜出入りしているとか……」

「ございません」

と参左衛門は顔を横に振った。

「勘違いということもありますな」

「いえ、確かです」

柳次郎が困った顔で磐音に助けを求めた。

「明石屋どの、おきくどのはその昔、品川に出ておられたということですが、江戸の生まれですか」

「いえ、在所は武州《ぶしゅう》八王子宿、おきくの父親は千人同心の小者だったのですが、病《やまい》にかかって職を失い、日野宿に移り住んだ機会に、自ら望んで品川に身を売った女でしてな。品川の遊木亭には一年半ばかり働いておりました……」

「一年半の苦界《くがい》暮らしは短いようで長い。馴染《なじ》みの男はいかがでござるか」

「遊木亭の主《あるじ》の吉蔵《きちぞう》は私と遊び仲間、変な虫がついているようなら身請けを勧めはしません」

「明石屋どのが望んだのではなく、遊木亭の主に身請けを勧められたのですね」

「吉蔵は私の好みを承知していますからな」

と老人は頷いた。

「とはいえ、格別に妓楼《ぎろう》の主の口車に乗ったわけではなかった。ですが、会ってみるとおきくのきめ細かな肌に魅かれました。同衾《どうきん》するとなんとも吸いつくようなしっとりとした肌で、これは私が打ち止めにしてもいい女と確信しました」

参左衛門はしれっとしてこんなことまで口にした。

「品川時代の悪い虫はいない、と」

「おりません」

「おきくどのを身請けしてどれほどになりますか」

「九月と十三日です」

「いつ頃からおきくどのに男がいると感じられるようになったのですか」

「三月《みつき》前からです」

「なにかきっかけがございましたか」

「若いおきくは、私が身請けしたことを大層喜んでおりました。ええ、それは確かです。お手当ても月に五両、盆暮れの小遣いを含めて八十両です。住まいと小女《こおんな》の費用は別です。おきくは私に断り、月に二両を日野宿の身内のもとに送っております。うちの番頭が送金の手続きをいたしますから、間違いはございません……」

参左衛門はいったん言葉を切って、茶を啜《すす》った。

「話は前後しますが、八王子から日野宿におきくの一家が移り住んでおよそ一年後、父親は亡くなりました。享年四十六でございましたそうな」

参左衛門はおきくの父親よりもはるかに年上ということになる。

「一周忌に日野宿におきくが戻りました。ええ、私が許したのです。おきくは七日後に、多摩川で捕れた鮎《あゆ》を土産《みやげ》に帰ってきました。その夜、ええ、私はおきくの体を久しぶりに抱きましたよ……」

柳次郎はごくりと唾を飲んだ。

「なにが変わったというわけではありません。だが、確かに日野に戻る前とおきくの反応が違ってます」

「そ、そこが大事なところです。どのように違うのですか」

柳次郎が身を乗り出して訊いた。

「そこがな、どうも説明しにくい」

参左衛門は長い顔をひねって思案した。

「体を合わせたとき、おきくから伝わってくる感触が微妙に違う」

「例えば、あのときに洩らす声も違うのですか」

柳次郎は真剣だった。

「違いましたな。よそよそしいというのではない。ひょっとしたら、嬌声は前より大きくなったかもしれん。だが、三月前のおきくの反応とどこか今は違うのです」

「明石屋どの」

磐音が言い出した。

「おきくどのは主どのとの暮らしに落ち着きを見いだされたのではありませぬか。遊所から身請けされて、安住の場所を得られた。実家にも戻り、亡き父親の法要も済ませた。そして、再び江戸に、主どののもとに戻ってこられたとき、そこをわが家と考えられた。そんなとき、おきくどのは女から女房のような存在に変わったのではありませぬか」

「お若い方、あなたが言われることも分からぬではない。だがな、それとは違う。私のように身代を女に注ぎ込んだ男にだけ分かる裏切りの感覚なのです」

「小女はこちらが世話をされたのでしたな」

「小女にも問い質しましたが、首を横に振るばかり……」

「分かりました」

柳次郎がその会話を打ち切った。

「明石屋どのはわれらにおきくどのの男を探し、手を引かせよと申されるのですね」

「おきくは女遍歴を繰り返してきた私が最後に選んだ女です、死に水をとってほしい。そのために、それなりのことを考えてもいる。そなたら、おきくの相手を穏やかに説得して、完全に手を引かせることができますかな」

「明石屋どの、おきくどのに情夫《いろ》がいるとしてそれを別れさせるには、結局は金かと」

「百両、いや二百両まで払う用意があります」

柳次郎に参左衛門が言った。

「そのためにはまず相手を探さねばならない。昼も夜もおきくどのの行動を見張ることになります」

「おきくを囲った数寄屋町の家の表口にうちの家作があります。その一軒を空けてある、勝手にお使いください」

「妾宅には表口の他に裏口がありますか」

「行けば分かるが、裏の塀に沿って一間の溝川《どぶ》が流れておってな、出口は表しかない」

「見張りは楽ですな。委細承知しました」

と柳次郎が頷き、

「われら二人で昼夜の見張りにあたります。そこでご相談ですが……」

「日当は一人二分。相手を突き止め、上手く事を終えた際には成功報酬として十両ずつお払いします」

さすがに老舗の主、柳次郎の言葉を半分聞いて即答した。

「承知」

柳次郎が満足そうに答え、磐音が訊いた。

「明石屋どの、この江戸でおきくどのが付き合いをされている方をご存じありませんか」

「江戸の知り合いといえるのは、遊木亭の頃の朋輩くらいでしょう。だが、身請けした折り、品川とは一切関わりを絶つことを、おきくにも遊木亭にも約束させましたでな、付き合いはなかろうと思います」

磐音はしばらく考えた末に訊いた。

「遊木亭を訪ね、吉蔵どのに話をお聞きしてもようございますか」

参左衛門がしばし沈思したのち、いいでしょうと頷いた。

その昼下がり、坂崎磐音は一人東海道の最初の宿場、品川宿にいた。

明石屋を出た二人は手代に案内されて、おきくが住むという小体《こてい》の家の玄関口を見通す二階長屋に入った。

半年前まで豆腐屋が入っていた長屋には、夜具の他になにもなかった。三度三度の飯は明石屋の下女が届けてくれることになった。

磐音は柳次郎を二階長屋に残し、周辺を調べて回った。

表口の他は左右とも隣家の塀に接し、裏には一間の溝川が流れていた。

磐音はさらに町内を回って、妾宅の裏手にあたる表通りに立った。すると小間物屋と炭問屋の間にある幅半間の路地が、おきくの家の裏手を流れる溝川まで通じているのが分かった。

磐音は入り込んで調べた。路地には二軒の商家の裏口が設けられて、炭問屋は荷などを運び込む通路としても使っているようで、天水桶《てんすいおけ》のかたわらに炭の粉が落ちていた。

路地は溝川に突き当たり、一間の流れの向こうに黒板塀が切り立って出入りを塞いでいた。それを確かめた磐音は東海道を西行して品川宿に到着したところだった。

品川宿は最初、目黒川を境に北品川と南品川の二つに分かれていた。が、宿場の規模が大きくなるにつれ、新たに善福寺門前町と品川新町を合わせた歩行《かち》新宿が加わり、三宿でそれぞれ宿場の機能を分担することになっていた。

品川宿の食売旅籠《めしもりはたご》九十余軒のうち、遊木亭は南と北を分かつ目黒川の右岸、品川宿一丁目に店を構える中どころの遊郭であった。

磐音が遊木亭の玄関先に立つと、二階からだらしなく寝間着を着た年増女が下りてきて、

「まだ、店開きには早いよ」

と注意した。

「いや、客ではない。主の吉蔵どのにお目にかかりたいのだ。明石屋どのの知り合いと申してくれ」

女は大欠伸《あくび》すると、

「この刻限、川っぺりにいるよ」

と言った。

「川岸に、散歩でござるか」

「釣りだよ、釣れもしない釣りが道楽なのさ。首に真綿を巻いて釣竿を振り回しているのがいたら、それが旦那だ」

「面倒かけたな」

磐音が表口から出ようとすると、

「三和土《たたき》を通って裏に抜けたほうが早いよ」

と、土間の隅から裏の台所に抜ける通路を指し示して教えてくれた。

「かたじけない」

「お侍さん、今度さ、客でおいでな」

「懐に余裕があったためしがなくてな」

「おやまあ」

女の声を背に暗い通路を台所に抜けた。するとそこでは台所女中たちが遊女の遅い朝飯を準備していた。

「おかねさん、そのお侍さんを裏口に出してやって」

先ほどの遊女が台所の飯炊きに指図して、磐音は遊木亭の裏庭に出た。

高い板塀が、漬物樽《だる》などが積まれた庭を囲んでいた。

飯炊き女が、塀に設けられた裏戸を指し示し、磐音はそこから外へ出た。

潮の香りが混じった風が吹きつけてきた。

目黒川が海に沿って北側へと曲がり、その右岸が品川の海に並行して砂州《さす》のように伸びていた。

見回すと男が一人釣りをしていた。

かたわらに茶色の犬が寝そべっている。

「吉蔵どのでござるか」

「へえ、遊木亭の吉蔵なら私ですがね」

吉蔵は浮子《うき》を見詰めたまま答えた。

犬は目も開けようとしなかった。

「それがし、明石屋どのの頼みで参った坂崎磐音と申す者にござる」

「参左衛門の旦那の頼みとは、なんですね」

吉蔵は丸っこい顔を磐音に向けた。つるりとした顔は陽に焼けていた。

磐音はおきくについて参左衛門が感じている疑いを話し、

「われら、明石屋どのの申されることが今ひとつ解《げ》せぬ。そこで遊び仲間で、おきくどのの旧主の吉蔵どのにお伺いに来た次第」

「旦那がそんなことをねえ……」

「明石屋どのは、こちらにおられたときの馴染み客などはきっちり縁を絶ったといわれる。だが、江戸のおきくどのにはこちらにしか知り合いはないという」

「うちの客とおきくが今も逢瀬《おうせ》を重ねているということはありますまい。おきくは身内のために遊女になったが、決してそのことを快く思っていたわけではないからね。それがすぐに分かったから、私は旦那に身請けしないかと話を持ちかけたんだ。旦那は最初乗り気じゃなかった。どちらかというとおきくのほうが、うちから出られることを望んでいたくらいだ。まずおきくが外に男を作るとは考えにくい」

吉蔵は首をひねった。

「となると、明石屋どのが疑心暗鬼になっておられるだけであろうか」

「旦那とは若い時分からの博奕仲間でね、旦那の勘の鋭さは生半可じゃない。女遊びもなかなかのものだ。その旦那がおかしいというんなら、一概に若い妾《めかけ》にべた惚《ぼ》れした老人の世迷《よま》い言とも思えんな」

吉蔵はそう言うとしばらく考え込んだ。

「もしおきくが心を許した朋輩がいるとしたら、おきくよりもひと月前に身請けされたおちえかな」

「おちえどの」

「おちえはおきくの姉さん株でね、新下谷町の鳶《とび》の小頭《こがしら》、小吉《こきち》親方に身請けされたんだ。おきくはこのことがあったから、旦那との身請けに乗り気になったともいえる」

「おちえどのとおきくどのは、吉蔵どのの見世におられるとき親しかったのですか」

「一緒にいたのはせいぜい一年でしょうな。親しかったかどうかはなんとも言えないが、おちえがいろいろとおきくの相談に乗っていたことは確かだろうな」

「おちえどのを訪ねてもよろしゅうござるか」

吉蔵は磐音を見た。

「ほんとはおちえの名を明かすのも私どもの仕事では御法度《ごはっと》だ。が、参左衛門の旦那の頼みでもある。坂崎さんとやら、重々気をつかってくださいよ」

「吉蔵どの、それがし、おちえどのに迷惑をかけるようなことだけは決していたさぬ」

吉蔵が大きく頷いて、頼みましたよと言った。


新下谷町は品川宿からの帰り道にあった。

愛宕権現社《あたごごんげんしゃ》の裏手、大名屋敷や旗本屋敷の多い西久保通りに車坂町と混在した、小さな町内だ。

鳶の小頭小吉の住まいは新下谷町の裏手の二階長屋だった。

磐音が訪ねたとき、姉さん被りの女が着物の洗い張りをしていた。

鳶なら当然仕事に出ている刻限である。

「おちえどのにござるか」

初々《ういうい》しさを素顔に残した女が頷いた。

「それがし、坂崎磐音と申す。ご迷惑は承知の上で、おきくどののことでお邪魔いたした」

おちえの顔に不安がよぎった。が、それはすぐに消えた。

「おきくちゃんになにかありましたか」

おちえの顔に浮かんだ不安は、自分の過去を知っている者が現れたというものではなかった。おきくの身になにかが起こったかと懸念する思いが不安の表情を漂わせたようだ。

「いえ、幸せに暮らしておられます」

磐音は否定するとおちえが、

「立ち話もなんです、家にお上がりくださいまし」

と答えて、ほっと安堵の様子を見せた。

「主どのの留守にそうもいかぬ」

「ご心配にはおよびません、小吉にはどんなことでも話しますから」

おちえがよく磨き上げられた格子戸を開けて、小さな三和土から板の間に上がった。

「ならば、それがし、ここにて話を伺おう」

磐音は格子戸は開けたまま、上がりかまちに腰を下ろした。

頷いたおちえが、よく拭《ふ》き掃除された板の間に座した。

「おきくどのが身請けされたことをご存じか」

いいえ、知りませんでした、とおちえは驚きの色をみせた。

「そなたの旧主吉蔵どのは、もしおきくどのが悩みやなにかを相談するとしたら、そなたしかおらぬと言われた」

「お侍さん、おきくちゃんの身になにが起こったのです。正直に話してくださいな」

磐音は昼下がりの裏長屋の路地にしばし視線を預けて迷った末に、視線をおちえに戻した。そして、仔細《しさい》を告げた。

話を聞き終えたおちえはしばらく沈黙を守っていたが、

「私、参左衛門の旦那も存じております」

と言った。

「おそらくおきくちゃんは今の暮らしをなによりも大事に、大切にしたいと思っているはずです。私、分かるんです、あんな世界にいた女が自ら摑んだ道です。相手との年の差とか、顔が不細工とか、そんなことはどうでもいい。あの参左衛門様が間男の疑いを持つほどにおきくちゃんに惚《ほ》れた、そのことはおきくちゃんも間違いなく承知しています……これが大事なことなんです」

「そなたは、おきくどのが外に男など作ってはおらぬと申されるのだな」

「はい」

とはっきりと答えたおちえは、

「私の知るおきくちゃんはそんな馬鹿な女ではありません」

と言い足した。

「邪魔をいたした」

磐音は立ち上がると、

「おちえどの、末永くお幸せにお暮らしくだされ」

と頭を下げた。


数寄屋町の明石屋の家作に戻ったとき、夕暮れ前だった。

「どうでした」

二階の障子を薄く開けて、裏手の妾宅の出入りを見張る柳次郎が訊いた。

「うーん。どこも明石屋の疑心暗鬼だと申すのだがな」

磐音は品川から新下谷町で聞き知ったことを告げた。

「おれもそう思うな」

柳次郎は両手を伸ばすと、

「小女を連れて町内の湯屋に行ったっきりで、牡猫《おす》一匹近付く気配はありませんん」

「おきくどのはどんな感じの女です」

それだ、柳次郎が叫んだ。

「ありゃ、遊び人の参左衛門がめろめろになるはずだ」

「美形なのですね」

「美形とは違うな。だが、小股《こまた》が切れ上がって、目になんとも色気がある。それに肌が白くて、指先で押すとふわりと真綿に包《くる》まれるような感じだ。男ならひと苦労したくなる女さ」

「品川さんの説明では今ひとつ分からぬな」

「坂崎さん、あの女を見るしか手立てはない」

柳次郎はそう言うと何度も頷いた。

三

磬音がおきくの顔を初めて見たのは、明石屋参左衛門が夕刻姿を見せて、それを出迎えたときだ。

薄暮《はくぼ》の中、小さくて白い顔が浮かび、磬音の背筋にぞくりとしたものが走った。

(これは……)

「震えがくるほどいい女でしょう」

柳次郎が羨《うらや》ましそうに言った。

「品川にいるときに知っていたら、どんなことをしても金を工面して馴染みになったんだがな」

「いや、それはどうか……」

磬音の頭に、

(魔性の女……)

という言葉が浮かんでいた。

「おきくどのには近付かないほうがいい」

「どうしてです」

「そう問い返されても困る。そう思うからです」

「明石屋はあの女に騙《だま》されているというんですか」

「騙すとか騙さぬとかではなく、明石屋どのを破滅の淵に連れていくような気がする」

「坂崎さん、女に対しては初《うぶ》のようですね」

柳次郎が言い、

「それは認めます」

と磐音も正直に答えた。

明石屋参左衛門がおきくの家にいたのは二刻（四時間）ほど、四つ（午後十時）の鐘が鳴る前に戸口に姿を見せ、おきくに見送られた。

「今日はなにもないな」

小女が戸締りをしていた。

柳次郎と磐音は明石屋の下女が運んできた提げ重の飯を食い、柳次郎は添えられていた徳利の酒を茶碗でちびちびと飲んだ。

「坂崎さんは鰻割きの仕事がある、先に仮眠してください」

柳次郎の言葉に甘え、早々に飯を食した磐音は部屋の隅から夜具を持ってきてごろりと横になった。

柳次郎はちびりちびりと酒を飲みながら、小粋な造りの家の玄関を見て、一刻半（三時間）を過ごした。

起こされた磐音は九つ半（午前一時）から七つ（午前四時）まで、柳次郎の鼾《いびき》を聞きながら見張りを務めた。

七つ半（午前五時）前、磐音は柳次郎を起こして、

「深川に戻ります」

と言った。

「妾の朝は遅いのが相場だ。朝風呂くらい入ってきてください」

柳次郎の言葉に送られて、まだ暗い町に出た。

数寄屋町から日本橋を渡り、早足で魚市場から富沢町の古着屋町へと、江戸を南西から北東に突っ切って両国橋に出た。

橋の上を早春の風が吹いていた。

冷たさの中にも春を感じさせる予兆が籠《こも》っていた。

「坂崎さん、顔が腫《は》れぼったいね」

宮戸川の鉄五郎親方が目敏《めざと》く見抜いて言った。

「昨日よりちと別の仕事を……」

「夜明しをなさったんですかい。手を切らぬようにな」

鉄五郎が鰻割きで気を散らすなと注意した。

この朝、宮戸川にかなりの量の鰻が持ち込まれ、磐音、松吉、次平の三人は二刻（四時間）以上も鰻と格闘した。

終わったのは四つ（午前十時）に近い。

台所で一人朝餉を掻き込み、早々に宮戸川を出た。とても風呂に入る余裕はない。長屋にも寄らず、数寄屋町に戻った。

「そんなに慌てて帰ってくることもないのに」

柳次郎が欠伸で迎えた。

そんな繰り返しが二日続いた。

三日目、昼下がりにおきくは外出した。

薄紫地の麻の葉小紋《こもん》を着たおきくは、新妻のような香気と色気をそこはかとなく漂わせていた。

江戸の町を南から北に突っ切り、上野の不忍池《しのばずのいけ》のほとりに出た。

柳次郎が磐音に、

「この辺りは出会茶屋《であいぢゃや》も多い。密会には持ってこいの場所ですよ」

と囁きかけた。

おきくは池の南端を西に上がって湯島の切り通しに入っていった。

「やっぱりおきくには相手がいましたね」

柳次郎がほっとしたような安堵の声を上げた。が、無警戒なおきくが足を止めたのは、湯島天神別当の喜見院前の花屋だ。

おきくは黄色の菊を求め、閼伽桶《あかおけ》を借り受けると、山門を潜って墓地に入っていった。

「違ったかな」

二人が遠く離れた場所から見ていると、慣れた足取りで古びた墓の前に立ち止まり、墓の手入れを始めた。

「おきくが喜見院の墓に参りましたか」

磐音から聞いた参左衛門は複雑な顔をした。

「ありゃ、死んだ家内の墓でね。いつか亡くなられた奥様の墓参りがしたいから寺を教えてくれと、おきくに訊かれたことがあった。まさかあれが本当に墓参りをしているとはねえ」

「その足で数寄屋町に戻られました」

「そうでしたか」

磐音は参左衛門の次の言葉を待った。しばらく間があった後、

「これまでどおりに見張りをお願いします」

という申し出であった。

おきくの身辺を見張るようになって五日目の朝、磐音は宮戸川の鰻割きを終えて久しぶりに六間湯に朝風呂に行った。

柳次郎から、

「坂崎さん、体に鰻の臭いが染みついてますよ」

と注意されたからだ。

井戸端で丹念に洗い落としているつもりだが、何百匹も鰻を扱うと肌に染み込むのかもしれない。

そこで馴染みの六間湯で長風呂をして体じゅうを丁寧に洗った。湯屋を出るとつるつるの顔がひりひりした。

金兵衛長屋に戻るとどてらを着た大家の金兵衛が、

「お客が待ってますぜ。長屋に通しておいたがね」

と言った。

「客、ですか」

思いあたる人物はいなかった。ともかく長屋の腰高障子を引き開けると、四畳半にぽつねんと一人の武士が座り、位牌を見詰めていた。

磐音が戻った気配に顔を向けた。

「上野《うえの》伊織《いおり》ではないか」

「坂崎磐音」

二人は互いの名を呼び合い、顔を見つめ合った。

豊後関前藩江戸屋敷の勘定方を務める伊織は、磐音が主宰していた修学会の仲間の一人であった。

むろん河出慎之輔も小林琴平も承知していた。

中老職の嫡子《ちやくし》磐音は六百三十石を継ぐ身、ゆくゆくは藩の幹部になるべき男だった。

伊織は勘定方六十七石と軽輩だった。

が、江戸屋敷での修学会の交わりでは重役の倅も下士も互いに呼び捨てであった。出席者の年が若かったことと、藩改革を共同して行うという気概と志がそうさせていた。

「国許の騒ぎ、江戸屋敷にも伝わってきた。そのときの驚きたるや藩邸じゅうがひっくり返らんばかりだったぞ」

磐音は小さく頷いた。

「最初はそなたら三人が闘争に及んだなどという話でな、なんとも訝《いぶか》しく感じたが、だんだん情報が伝わり、全貌がはっきりしてきた……」

そう言った伊織は三柱の位牌を眺めた。

「磐音、そなたの気持ちは察するにあまりある。だがな、なぜ藩に暇乞いなどした。そなたには堂々として国許に残ってほしかったぞ」

「伊織、終わったことだ」

伊織が磐音を見た。

「終わったことか」

「そうだ、おれの中ではすべて決着がついた。残ったのは三柱の位牌だけだ」

「そうだろうか」

伊織が呟くのを無視して、訊いた。

「そなたは、おれがこの長屋に住んでいることをだれから聞いた」

「使番の畔蔵多門様が、そなたが六間堀の金兵衛長屋に住んでおると教えてくれた。だがな、この辺りは不案内だ、二日も三日も探した」

「それはすまぬことをしたな」

謝った磐音は、

「藩邸でおれが六間堀に住んでいることを承知している者は、そなたの他におるか」

「畔蔵様は使番という職にありながら、口の軽いお方だ。おそらくかなりの者が、そなたが六間堀にいることを承知していよう」

と答えた伊織は、

「なにか不都合か」

と訊いた。

「年も押し詰まった大晦日の前の日、ここに押し入って長屋じゅうをひっかき回していった二人連れがおる。見てのとおりの貧乏暮らし、金の蓄えなどない」

伊織が磐音の顔をじっと見た。

「二人連れは大名屋敷の家来と思える武家であったそうな」

伊織が膝をぴしゃりと叩いた。

「それみろ、だから言うたではないか。そなたらが巻き込まれた騒ぎの後始末はなにも終わってはおらぬ」

「慎之輔も琴平も舞どのも死んだ。その他にも御番組頭《ごばんぐみがしら》の次男山尻頼禎《やまじりよりさだ》ら多くの命が失われた。河出も小林の家も廃絶になった……」

「騒ぎの大因は何だ」

「舞どのの不義の噂をまき散らした山尻の次男が原因であろう」

「磐音、真実そう思うか」

「他になにがある」

伊織は両眼を閉じてしばらく沈黙した。そして眼をつぶったまま、言い出した。

「おれはこの騒動が起こったあと、何度も考えた。この江戸で、国許で起こった一件の流れを正しく把握することは適《かな》わぬ。だがな、おれは、そなたも慎之輔も琴平も知っている。そなたらが幼い頃から兄弟同様に交わってきたことを、羨望《せんぼう》をこめて見ていた人間だからな。それがなぜ相戦うことになったのか」

「すべては運命《さだめ》、天の気紛《きまぐ》れだ」

「磐音、騒ぎの背後に作為があったとしたら何とする」

「作為ではない。山尻頼禎といううつけ者が奈緒どのに懸想《けそう》して断られた腹癒《はらい》せに、姉の舞どのの不義話をまき散らしただけのことだ」

もはや磐音には思い出したくもない話だった。それを伊織はなぜほじくり返そうというのか。

「磐音、よく思い出せ。そなたら三人を品川宿まで送っていったときの話だ。そなたは国許に戻ったら、慎之輔や琴平、国許の仲間たちの協力を得て藩政の改革に着手すると熱く語り合ったな」

「そんなこともあったか」

「磐音のお父上は中老職、河出、小林の両家とて豊後関前藩のなかなかの家柄、そなたらが本気になれば藩政改革のための新しい企てもできる。なによりそなたには分別も思慮も人徳も備わり、肝《きも》も据わっておる」

「父は中老職を辞職なされたと風の噂に聞いた」

「お父上が届を出されたのは確からしい。だが、殿がお許しにならなかったそうな。それを承知か」

「いや、知らぬ」

と答えた磐音は話を元に戻した。

「なにが言いたい、伊織」

磐音は苛立《いらだ》って訊いた。

「そなたらが企てる藩政改革を嫌った御仁がそなたら三人を相戦わせ、自滅させたとしたら何とする」

磐音はぽかんとした顔で伊織を見た。

言葉も考えも失っていた。

「そんな馬鹿な話がと思うか」

「……当たり前だ」

「ではなぜこの長屋が襲われた」

「それは……」

「答えられまい」

「われらが江戸屋敷で続けてきた修学会を快く思わぬ方が、江戸にも国許にもおられたということか」

「磐音、そなたらの騒ぎのあと、江戸藩邸での修学会は御重役の命で中止になった」

「なんと、そのようなことが……」

「磐音、国許の一件は綿密に計画されたものと思わぬか。そなたらはある意図をもって巻き込まれたのだ」

伊織は何度も考えてきたことなのか、はっきりと言い切った。

磐音は両眼を閉じた。

（そのようなことがあろうか）

豊後関前藩は、藩祖が蓄財した万が一の際の備蓄金を使い果たし、大坂の蔵元《くらもと》に銀二千六百貫（およそ四万二千両）の借財に加えて、江戸の札差《ふださし》にもかなりの額の前借り金があった。

この負債の総額は関前藩の実収の三年分に当たった。

磐音たちは関前の物産の流通経路に変えて、これまでばらばらに売ってきた干し海鼠《なまこ》、干し鮑《あわび》、干鰯《ほしか》、関前紙、椎茸《しいたけ》などを藩の物産所に集荷させ、それを借上げ弁才船《べざいせん》で上方や江戸に運び込んで増益する計画を軌道に乗せたばかりだった。

修学会の成果である。

磐音は国許へ戻り、さらなる産業の奨励と物産の一括流通の強化を図る考えを持っていた。

むろん国許には、これまで同様に城下の商人たちとのつながりを大切にしようという守旧派の重役たちもいた。

例えば国家老の宍戸《ししど》文六《ぶんろく》はかつて関前の復興の礎とまでいわれた人物だが、老境に入り、独善的で偏狭な判断を示して、藩政にしばしば支障を来《きた》していた。

磐音たち若手の藩士の改革に守旧派が反対するのは目に見えていた。

だが、磐音の考えには藩主福坂実高《ふくさかさねたか》も賛意を示して、

「関前の再生にはそなたら、若い知恵と力が要る。磐音、頼んだぞ」

とまで仰せられて、江戸藩邸から送り出されたのだ。

(国許の守旧派の力を甘く見たか)

眼を開けた磐音を伊織が見ていた。

「伊織、少し時をくれぬか。考えたい」

伊織が頷き、磐音が忠告した。

「もしそなたの考えが当たっているなら、伊織、そなたは身辺に気を配らねばならぬ。この長屋にも二度と訪れてはならぬ」

分かったと答えた伊織が、

「そなたと連絡《つなぎ》をとりたいとき、どうすればいい」

と訊いた。

宮戸川か今津屋か、磐音は思案した。

豊後関前藩の上屋敷は御城の北、駿河台にあった。

神田川沿いに下りてくると浅草御門のある両国西広小路に出る。

宮戸川は深川で橋を渡ってこなければならない。

「浅草御門のそばに両替商の今津屋があるのを知っておるか」

「磐音、それがしは勘定方だぞ。両替商がどこにあるかくらいは承知しておる」

「ならば老分の由蔵どのか、奥向きの女中おこんさんに、書状なり言付けなりを頼んでくれ。すぐに連絡がつくようにしておく」

「分かった」

と返答した伊織が、

「そなた、金がないと申したな。それが、豊後関前藩程度では洟《はな》もひっかけてはくれぬ両替商と付き合いがあるのか」

と訊いた。

「今津屋とは昵懇の仲だ。遠慮は要らぬ」

磐音はちょっと見栄を張ってみた。

「そうか」

とあまり信用したとは思えない伊織が、

「藩邸に戻る」

と立ち上がった。

「おれも仕事に行かねばならん。一緒に参ろう」

二人は肩を並べて金兵衛長屋を出た。

「仕事はなにをやっておる」

足早に深川六間堀から両国橋を目指した。

「いろいろだ……」

磐音が目下の仕事の鰻割きと妾の見張りを話すと、

「なんと豊後関前藩の中老職を継ぐはずの男が、鰻割きに、妾の間男の現場を押さえる仕事だと」

と笑い出した。

「今津屋との昵懇の仲も怪しいものだ」

「伊織、勤番のそなたとは違う。長屋の家賃も払わねばならぬ、風呂代もかかる。食うていくためには仕方がないではないか」

二人は両国橋の雑踏を縫《ぬ》うように東から西に向かった。

しばらく無言だった伊織が、

「奈緒どのの行方を承知しておるか」

と訊いた。

「小林も河出の家も廃絶になって、残された一族郎党は城下を出た。おれが琴平との戦いで傷を負い、臥《ふ》せっておる間のことだ」

「知らぬと申すのか」

磐音は頷き、訊いた。

「伊織、知っておるような口振りだな」

「つい最近国許から江戸に出てきた同僚が去年の騒ぎに詳しくてな、あれこれと江戸の者たちに講釈して回っておるそうな。そなたが知りたいと申すのなら、問い質してもいいぞ」

「すべては終わった話だ。おれも奈緒どのも運命に殉じて生きていくしかない」

「磐音、騒ぎは終わってはおらぬ。藩もそなたの身もな」

伊織は宣告するように言うと藩邸に帰っていった。

「これはすまぬ」

数寄屋町に戻るために磐音は、富沢町から日本橋川に抜けた。

刻限は昼の九つ半（午後一時）を過ぎていた。

河岸に出ていた露店の薄皮饅頭屋では、仕事を終えた若い衆が群がって饅頭を買っていた。

磐音も柳次郎に買っていくことにして列に並んだ。

魚河岸はすでに商いの峠を越えて、棒手振りや近所の大店《おおだな》の女中たちが商いの魚やら夕餉のお菜を探していた。

磐音はそんな人の群れに、おきくの家の小女の姿を認めた。

今夜は、参左衛門が来る日だ。そのための魚を探しているのか。

磐音はそんなことを考えながら饅頭を購い、柳次郎の待つ二階長屋に戻った。

四

「長いこと留守をしてすまなかった」

磐音は柳次郎に饅頭を差し出した。

「こちらは変わったことはありませんか」

「ないない」

と答えた柳次郎が、おいしそうだなと饅頭に手を出した。そして、立て続けに二個ほど食べて冷たくなった茶を飲んだ。

「宮戸川は繁盛のようですね」

柳次郎は鰻割きの仕事で遅くなったと考えたようだ。

「いやそれが……」

磐音は自分で淹れた茶を啜り、しばらく沈黙した。

「なにかありましたか」

「品川さん、突然旧藩の朋友が長屋を訪ねてきましてね……」

伊織の訪問から昨年の四月に勤番を終えて国許に戻ったのちに起こった大騒動と国許を離れた理由、さらには長屋に武家二人が侵入した経緯《いきさつ》から佐々木玲圓先生との面会などを語っていた。そして、最後に、伊織がもたらした懸念までを告げた。

磐音は昨年来の付き合いで品川柳次郎の人柄を信頼できる友と承知していた。だから、すべてを告げたのだ。

柳次郎は目を丸くして磐音の話を聞いた。

それでも二人はおきくの玄関先を見下ろす監視を忘れなかった。

溜息《ためいき》を一つついた柳次郎は、

「坂崎さんがおっとりしているわけだ。ゆくゆくは六百三十石を継ぐ身ですか」

と納得したように呟いた。

「それはすでに遠い昔のことです」

「いや、おれも佐々木先生や朋友どのと同じ考えです。この一件、少しも終わってはおらぬな」

「と思われますか」

「当たり前ですよ、坂崎さん。江戸屋敷やお国の惚《ぼ》けた重役どもが、坂崎さんたちの改革を嫌ったということだ」

柳次郎の答えは明快だった。

「奴らにしてみれば、坂崎さんらに藩政を刷新《さっしん》されると、これまでの利権を奪われることになる。世の中、すべて金で動いているんですよ、坂崎さん」

「とは申せ、わが藩は何万両もの借財を持つ貧乏大名です」

「だからこそ頭の黒い鼠《ねずみ》が徘徊《はいかい》しているんです。大名家の重臣と御用商人の癒着《ゆちゃく》、どこにでもある構図が坂崎さんの藩にもあるということだ」

　今度は磐音が吐息をついた。

「われら三人の幼馴染みはそのために斬り合いを強いられたのか」

「河出どのの呑兵衛《のんべえ》叔父ごなんぞを取り込み、三人を戦わせる羽目に追い込んだ。首領はよほど狡猾《こうかつ》で力のある人物でしょうな」

　となれば、一人しか磐音の脳裏には浮かばなかった。

　しかし、それほど豊後関前藩は腐敗した藩なのか。

　外はすでに薄暗くなっていた。

　小女が格子戸に姿を見せて、玄関の軒行灯《のきあんどん》に明かりを点し、主の参左衛門の到来を待つ仕度をした。

「そういえば小女はいつ戻ったのかな」

　磐音が独り言を呟いた。

「小女がどうかしましたか」

「魚河岸で見かけたものでな」

「人違いではないですか。あの家からはだれも出かけてはいませんよ」

「これまで何度も見た顔だ。品川さんが見落としたのではないですか」

「そんな馬鹿な……」

「ならわれらは帰ったところも見落としたことになる」

「それもそうだが……」

二人の胸になんとなく釈然としない思いが残った。

四半刻（三十分）後、下女が夕餉を届けにきた直後、参左衛門が姿を見せた。

「六十を過ぎたというのに、三日に一度、お盛んなことだ」

柳次郎が羨ましそうな顔でぼやいた。

「それがあるからわれらは一日二分の稼ぎになる」

「それはそうだが……」

この夜、明石屋参左衛門は五つ半（午後九時）過ぎにおきくの玄関に姿を見せた。見送りに出たおきくの顔にどこか安堵の表情が浮かんでいるようだ。

「戸締りをしっかりしてな」

参左衛門はそう言うと、磐音たちが見張る二階をちらりと見上げた。

「長い夜が始まるか」

柳次郎が独白した。

「品川さん、あの家にはもう一箇所出入口があるのではないですか」

「両側はお店、裏手は溝川ですよ。もしどこぞにわれらが知らない出口があったとしても、小女の目をどう掻い潜るのです」

「それは簡単。世の中、金でなんとでもなるとそれがしに忠告したのは品川さんですぞ」

「それはそうだが……」

「とにかく今晩から炭屋の路地を見張ってみましょう」

磐音は立ち上がった。

「外はまだ寒いですよ」

「仕方ない、仕事です」

包平を手に磐音は階段を下りた。


磐音が炭屋の路地を見張り始めて二日目の夜、それは突然に出現した。

路地の突き当たりを流れる溝川に黒板塀が幅二尺ほど下がってきて、溝に架け渡した板橋に変わった。

天水桶の陰から磐音が見ていると、小女が顔を突き出して路地を見回し、奥へ引っ込んだ。

その間に磐音は表通りに走り、路地の出口に視線を向けた。すると濃紫の御高《おこ》祖頭巾《そずきん》を被った女がひっそりと姿を見せた。

おきくだ。

その背後では跳ね橋が元の塀に吊り上げられていた。

おきくは日本橋から江戸橋へと流れる川に出ると西河岸の辻で駕籠を拾った。

磐音は柳次郎に知らせる間がなかった。

一人の判断で行動するしかない。

駕籠は日本橋を渡り、十軒店本石町の辻を右に曲がって、鉄砲町、小伝馬町、さらには旅籠が並ぶ馬喰町《ばくろちょう》から浅草御門に抜けた。

両替屋の今津屋を横目に浅草橋を渡った駕籠は、神田川の北岸を大川へと下った。

ここまでくれば、いくら朴念仁《ぼくねんじん》の磐音にももはや柳橋《やなぎばし》北詰の出会茶屋の一軒がおきくの行き先と察せられた。

駕籠は推量どおりに浅草下平右衛門町の出会茶屋、いち楽の前に止まり、御高祖頭巾のおきくは駕籠代を払うと奥に消えた。

磐音はぐるりと裏手に回って、神田川への抜け口がないことを確かめた。

大川から曲がりくねって川風が吹きつけてきた。

磐音は去年の騒ぎを考え直しながら、ひたすらおきくとその相手が出てくるのを待った。

いち楽に空駕籠が戻ってきて、おきくがその駕籠に乗り込んだのは七つ（午前四時）前のことだ。約束ができていたらしい。

磐音は駕籠を見送り、相手を待った。

男は地味な羽織袴に大小を差した磐音と同年輩、三十前であろうか。五尺六寸余りの上背でがっちりした体格をしていた。腰の据わり具合はそれなりの剣の腕を想像させた。

いち楽の常夜燈の明かりに浮かんだその顔には、悦楽の満足感とは異なる寂《せき》寥《りょう》が漂っていた。

勤番侍とも、御家人や旗本とも雰囲気が違った。かといって永の浪人とも思えない。

男は浅草橋の方に上がると浅草御蔵前通りに曲がった。

足取りからいってそう遠くないところに住んでいると思われた。

磐音は半丁ほど離れて尾行した。

男は無警戒に浅草瓦《かわら》町の方角へ左に折れた。

磐音は足音を消して走ると左に折れた。すると男が通りの中央で刀の柄に手をかけて待ち受けていた。

「そのほう、物盗りとも思えぬが」

低い声が問うた。

磐音は手を振ると咄嗟に肚《はら》を固めた。

「それがし、怪しい者ではござらぬ。そなたとちと話し合いたい儀があって、いち楽から尾行してきた」

「………」

「危害を加えるようなことはいたさぬ。話を聞いてはもらえぬか」

男は磐音の風体を確かめるように見た末に、

「この先に八幡社がある」

と言った。

無言のうちに二人は小さな八幡社の境内に入った。

「用を申せ」

柄に手を置いたまま相手が言った。

「それがし、明石屋参左衛門どのに頼まれた者……」

男の体が硬直した。

刀の柄から手が離れた。

「と申せばそなたも用は察せられたようだ。明石屋どのの愛妾おきくどのとそなたは、出会茶屋いち楽で密会を重ねておられる」

相手は否定もなにもしなかった。それが正直一途な人柄を示しているように思えた。

「男と女の話に立ち入りたくはないが仕事でな。お許し願いたい」

磐音は軽く頭を下げた。

「それがし、坂崎磐音と申す。そなたは何と申される」

男は口を噤《つぐ》んで無言を通そうとした。

「そなたが黙っておれば、それがし、蛭《ひる》のようにぺったりと張りついておるしかない。話し合っていただけぬか」

「…………」

「明石屋どのが人生の最後に出会うた女性《にょしょう》がおきくどのだそうだ。なんとしても明石屋どのはおきくどのに死に水をとってほしいと願っておられる」

「…………」

「明石屋どのはそなたに百両、いや二百両を進呈しようと言うておられる」

「そのような大金を得る謂れはない」

「おきくどのとの逢瀬をやめればよいこと……」

磐音は参左衛門の提案を告げ、言った。

「どうだな、そなたはまだ若い。二百両もの大金があれば、別の女と所帯を持つこともできよう」

男はさらに沈黙を守った。

磐音も根気よく相手が口を開くのを待った。

「……もはや遅い」

と男が言ったのは、四半刻（三十分）も無言の行が続いたあとだ。

「遅いとは……」

「それがし、八王子千人組の広橋忠也《ひろはしちゆうや》でござる。おきくの父親勤造《きんぞう》がそれがしの小者であった縁で、おきくとは幼き頃より見知っておった。だが、勤造が病のために職を退き、日野に移り住んで交際は絶えていた……」

八王子千人組は八王子千人同心ともいい、元々は武田氏の下士で八王子に在住し、一組百人が十組、千人の同心が世襲的に職を得ていた。

徳川時代になって、八王子口を防衛するために継続してこの制度が取られ、御《お》槍《やり》奉行の支配下に入れられている。

同心の俸給は三十俵二人扶持、槍は白木の樫《かし》の素槍であった。

幕臣とはいえ下級武士である。

「……それが勤造の一周忌に招かれ、おきくと逢ったのだ」

磐音は、忠也とおきくは幼い頃から心を寄せ合ってきたのだろうと推測した。

「それがし、おきくの妖《あや》しい美しさに魅惑されてしまった。おきくもそれがしに、品川宿での遊女奉公から明石屋の妾になっておることもすべて話してくれた」

幼馴染みはふいに惹《ひ》かれ合い、男と女の境を越えたか。

「先ほどもう遅いと申されましたな。千人同心を辞めて江戸に出て参られたということでござるか」

「おきくが江戸に戻った翌々日に八王子を飛び出して、三月になる。この近くの裏長屋に住んで、おきくとの時折りの逢瀬を楽しみに生きてきた」

「よう話してくだされた、広橋どの」

磐音はしばらく考えを纏めるために沈思した。

「広橋どの、このような男と女の逢瀬は長くは続かぬ。なにせ相手は他人の持ち物、明石屋どのはおきくどのをゆくゆくは女房にとも考えておられる。町奉行所に訴えられれば、密通の罪にさえ問われかねない。そうなると、そなたらには自滅の途しか残されておらぬ」

磐音は少し脅しつけるように言った。

「どうです。この際、二百両を手に再出発なされては」

忠也は重い沈黙を続け、口を開いた。

「……できるであろうか」

「それしか、そなたが生きる途はない。そなたもおきくどのも一場の夢は見られたのだ。これ以上、逢瀬を続けていても奈落が待っているだけ……」

「いかがすればよい」

「もはやおきくどのには近付かぬ、江戸から離れるというそなたの一札と交換に、それがしが明石屋どのから預かってきた二百両を渡す。それでいかがかな」

「いつのことだ」

「今宵《こよい》五つ（午後八時）、この場所ではいかがか」

「相分かった」

広橋忠也は磐音を見ると小さく頷き、

「それがしの長屋はこの裏手、札差伊勢屋半右衛門《いせやはんえもん》どのの家作にござる」

と言うと磐音の前から姿を消した。

坂崎磐音から話を聞いた品川柳次郎は、

「おきくは幼馴染みと明石屋の旦那の二股をかけていたのか」

と呆れたように言った。

「するとここの見張りも終わりだな」

「ということですね」

磐音は広橋忠也と別れたあと、大川を渡って宮戸川の鰻割きの仕事に行った。そして、数寄屋町に引き返してきたところだ。

刻限は昼前だ。

「あとは明石屋に報告して二百両を預かり、相手に渡せば終わりですね」

「品川さん、今の話、明石屋どのに報告してくれぬか。それがし、徹宵仕事で少々くたびれた。これから長屋に戻って眠りたい」

「承知しました」

二人はおきくの家の見張り所を閉じると表通りに出た。

明石屋に向かう柳次郎と別れた磐音は、両国西広小路の今津屋に立ち寄り、老分の由蔵とおこんに上野伊織の一件を頼んだ。

「坂崎様の旧藩の同僚どのの文をお預かりすればよろしいのでございますね」

「面倒ではござろうがよしなに頼む。他にこのような願いをいたすところを知らぬでな」

「承知しました」

と由蔵が胸を叩き、おこんが、

「疲れた顔して、風呂にでも入って寝たほうがいいわ。またまた奇妙な仕事ばかり引き受けているんじゃないの」

と歯切れよく言い、送り出してくれた。

夕刻、柳次郎に磐音は起こされた。

「坂崎さん、おれの信用も大したことないな」

「どうしました」

「明石屋の番頭がついてきた」

若い番頭が胸前に金包みを抱えて戸口に立っていた。

「すぐに仕度します」

磐音は寝間着を、よれよれの袷と裾のほつれた袴に着替えた。あとは大小を差し落とせばそれで仕度は終わりだ。

「待たせたな」

番頭が頭を下げて、

「明石屋の恭蔵《きょうぞう》にございます」

と挨拶《あいさつ》した。

「よしなにな」

恭蔵と柳次郎は六間堀に猪牙舟を待たせていた。

二百両の大金を考えてのことか。

柳次郎と磐音は舳先に座った。

恭蔵は真ん中に腰を落ち着けた。

「明石屋はおきくに情夫がいたことより、あの家に隠し裏口があることに驚いていました」

前の持ち主が妾を囲うために新築した家だという。参左衛門が買ったとき、前の持ち主は亡くなっていた。それで見たままに買い取ったのだそうだ。家の手入れはさせたが塀までは考えなかったという。

「明石屋どのは、広橋どののことをおきくに詰問したのですか」

「いや、本日のことが落着した後、尋ねるそうです。年をとって若い女を囲うのも大変だな」

二人はひそひそと囁き合った。

「まあ、われらには生涯縁なきことであろう」

猪牙舟は竪川から大川を横切り、神田川を浅草橋まで遡《さかのぼ》って橋際に止められた。

恭蔵の持つ二百両を護衛して柳次郎と磐音が前後を固め、浅草御蔵前通りから福井町の八幡社の境内に辿りついた。

広橋忠也の姿はまだなかった。

「ちょっと早かったかな」

三人は四半刻（三十分）ほど待った。

「おかしくはありませんか」

恭蔵が言い出し、磐音が、

「長屋を訪ねてみるか」

と忠也が歩み去った方角へ歩いていった。

探しあてた札差伊勢屋半右衛門の長屋にも広橋忠也の姿はなかった。部屋の様子は、もはやそこへ住人が戻ってはこぬような散らかり方だ。

「八王子に戻ったかな」

「坂崎さん、手切金の二百両も手にしないでですか」

柳次郎が首をひねった。

「まさか……」

「もしや」

二人が言い合い、柳次郎が、

「恭蔵さん、数寄屋町に大急ぎで戻ろう」

と走り出した。


数寄屋町のおきくの家から女の悲鳴が響いた。

磐音たち三人が飛び込んだのはそのときだ。

玄関から廊下伝いに奥の間に駆け込むと、広橋忠也がおきくの手を引き、血に濡れた抜き身を下げて立っていた。

「旦那様!」

恭蔵が叫んだ。

参左衛門は忠也から肩口を斬られたか、血塗《ちまみ》れになりながらもおきくの足に縋《すが》っていた。

「おきく、行くな、行くでない。何でも買うてやるぞ」

その顔は狂気に憑かれて見えた。

「広橋どの、なぜ約定を破られた」

磐音が詰問した。

「……一度は考えた。だが、おきくを忘れることはできなかった」

忠也が肺腑《はいふ》を抉るような言葉を吐いた。

「おきくはだれにも渡さぬ、私のものじゃ」

参左衛門が叫び返し、おきくの足から腰に縋り上がった。

「い、嫌です！」

おきくが呻くように言い、恭蔵が、

「あ、あなた方、何をしておられる。こやつらを捕まえてくだされ！」

と叫んだ。

その拍子に、胸に抱いていた金包みがばらりと落ちて、畳に黄金色の小判が散った。

「おのれ下郎め、金でなんでもできると思うな！」

広橋忠也が下げていた抜き身で恭蔵を斬りつけた。

ふいを食らった恭蔵の額に浅い傷が走った。

それが忠也を錯乱させた。

「おきく、そなたと死のうぞ！」

「はい」

「その前にこやつらを斬って斬って斬り伏せる！」

磐音はもはや男女がのっぴきならぬ狂気の淵に立っていることを思い知らされた。

「広橋どの、刀を捨てなされ」

「おのれ、賢《さか》しら顔で説教しおって！」

忠也はおきくの手を放すと血刀を両手に持ち替え、上段に振りかぶると磐音に斬りつけてきた。

狂気に憑かれた者の剣は尋常の力を超えて、鋭く袈裟懸けに落ちてきた。

だが、大刀の切っ先が天井を切り割り、その分、斬撃が遅れた。

磐音は腰を沈めて横に飛び、一撃目を躱した。

忠也は二の太刀を大きく胴に送ってきた。

もはや刃を交えるしかない。

磐音は脇差を抜いた。

その瞬間、忠也が迫っていた。

磐音は敢然と忠也の懐に飛び込むと脇差を小さく振るった。

峰に返す暇のなかった脇差が忠也の脇腹を深々と裁ち割った。

磐音は立ち竦む忠也のかたわらを擦り抜けた。

忠也が顔面から畳に突っ込むように倒れ込み、手にしていた血刀が庭に飛んだ。

「おきくどの！」

おきくが座敷の奥へと走り、柳次郎が追いかけた。

「明石屋どの、しっかりなされ」

磐音は手拭いで参左衛門の肩口の傷を押さえた。だが、傷は意外に深く、たちまち手拭いが真っ赤になった。

「番頭さん、そなたの傷は浅い。まずは主どのだ。知り合いの医師を呼んできてくだされ！」

「は、はい」

恭蔵が部屋から転がり出ていった。


夜明け、坂崎磐音と品川柳次郎は茅場町の大番屋を出た。

番頭の恭蔵の知らせに北町奉行所が出張《でば》り、調べに当たった。

磐音に斬られた広橋忠也と、柳次郎の手を逃れて井戸に飛び込んだおきくが亡くなり、明石屋参左衛門が瀕死《ひんし》の怪我で生死の境を彷徨《さまよ》い、恭蔵が浅手を負っていた。

当事者で無傷なのは磐音と柳次郎と小女だけだ。

三人は大番屋に連れていかれて北町の定廻り同心にたっぷり絞られ、事件の経緯を何度も聞き取られたのだ。

恭蔵と小女の証言もあって、二人は差し当たって罪には問われないことになった。

「坂崎さん、まただだ働きだ、すまぬことです」

と柳次郎が謝ったのは両国橋の上だ。

「なあに、相身互いです」

「ああ……」

柳次郎が嘆息し、磐音が応じた。

「それがしは宮戸川に行って鰻割きだ」

「金になる仕事はなかなかないものですね」

吹き上げてきた川風に柳次郎の声が流れた。

第四章　広尾原枯尾花

一

腹を空かした坂崎磐音は布団の中で思案していた。

茶色に染まった障子越しに射し込む夕暮れ前の光にも春ののどけさが漂っていた。

(明日の朝まで我慢するか、蕎麦でも食いに出るか)

大の男が深刻に考えることではない。だが、懐に二十六文しかないとなると考えざるをえない。

「坂崎さん、いる」

おこんの声がした。

「いますよ」

腰高障子が開けられ、

「あれ、風邪でも引いたの」

と両替商今津屋の奥向きの女中で、金兵衛の娘のおこんが狭い土間で立ち竦んだ。

磐音はのろのろと起き上がり、夜具を部屋の隅に引きずっていった。

「いや、風邪ではない。腹が減らないように横になっていただけだ」

「呆れた」

と呟いたおこんが、

「これじゃあ、仕事があってもできそうにないわね」

と言った。

「いや、仕事ならばちゃんといたす」

「両国橋を渡って今津屋まで行けば御飯が食べられるわ」

「仕事もせずに飯だけを馳走してもらうわけにはいかん」

「だから仕事と言ったでしょ」

さようかと答えた磐音の言葉に喜びが溢《あふ》れた。

慌てて裾のほつれた袴を着けて髪を手で撫で付ければ、それで仕度は終わりだ。備前包平《かねひら》二尺七寸と無銘の脇差を帯に差し落として、長屋の路地に立って待つおこんに、

「お待たせいたした」

と声をかけた。するとおこんが、

「上野伊織様からの文よ……」

と差し出した。

「おお、これはわざわざ届けていただいて相すまぬ」

受け取った封書を差し上げて感謝した磐音は懐に仕舞った。

「坂崎さんも苦労するわね」

「苦労は買ってでもせよと申すが、こう続くとなあ」

のんびりと答える磐音の顔をおこんが覗き込み、顔を横に振った。

「蠟燭屋の明石屋さんもお金になったとは思えないけど……」

「なにしろ約束された主《あるじ》どのが死ぬか生きるかの瀬戸際ではな、日当を払ってくださいとも言えぬ」

「取りはぐれたの」

「品川さんが恐縮しておった」

明石屋の騒ぎは読売で報じられたのでおこんも知っていた。

「うちの老分番頭さんも、坂崎さんはなかなかの人物だが、最後の詰めが甘いといつもおっしゃっているわ」

二人は両国橋に差しかかった。

まだかすかな残光が橋と川面の間に漂い残っていた。

二人連れの職人が道具箱を担いで、西から東に家路を辿り、小僧に荷を担がせた番頭が店へと戻る。鬢付《びんつけ》油の匂いをさせた髪結い女は得意先から戻るところか。

川面には、木材を組んだ筏《いかだ》や、俵を積んだ荷足舟、吉原通いの客を乗せた猪牙舟が行き交っていた。

橋を渡って両国西広小路を抜ければ、六百余軒の両替商でも一、二を争う今津屋の分銅《ふんどう》看板が見えた。むろんまだ店の大戸は開いていた。

「老分さん、お連れしましたよ」

おこんが大勢の奉公人を仕切る大番頭の由蔵に声をかけた。

両替商の雇い人は特別な呼び名があった。

丁稚《でっち》、手代《てだい》、振場役《ふりばやく》、平秤方《はかりかた》、相場役《そうば》、帳合方《ちょうあい》、支配人、そして、最後に昇りつめるのが別家格を許された老分だ。

「おお、来なさったか」

「老分どの、さっそくお世話をかけたな」

のんびりと文の礼を述べる磐音をおこんは奥へ連れ込んだ。連れていかれたのは広い台所で、大勢の奉公人のための夕餉の準備が行われていた。

「はい、そこに座って」

深川育ちのちゃきちゃきした言葉遣いそのままに、おこんが一つだけ用意されていた箱膳の前に磐音を座らせた。

膳にはすでに鰆《さわら》の焼き物やら鶏と里芋、人参などの煮物などが並んでいた。おこんは台所女中に命じて、湯気の上がる豆腐と葱《ねぎ》の味噌汁と御飯を運ばせた。

「おこんさん、馳走になってよいのか」

「腹が減っては戦《いくさ》もできないわ。番頭さんのお供でお仕事ですからね、たんと食べてくださいな」

「なれば遠慮なくいただく」

磐音は箸を持った両手で合掌して食べ物に感謝すると、まず味噌汁の椀を取り上げた。

こうなるとだれが声をかけても上《うわ》の空だ。

「出が出だもの、鷹揚《おうよう》なもんだわ」

おこんの言葉ももはや磐音の耳には届かなかった。

「いいこと、食べたら奥に来て」

おこんが顔を突き出して言った。

「相分かった」

磐音は無意識のうちに返事をすると食べることに没頭していった。

満腹した腹を抱えて台所を出るとおこんに、

「はいはい、こっち」

と男の髪結いが待つ部屋に通された。

「へえ、こちらに」

無精髭を当たられ、髷を結い直された。さらには別の座敷に連れていかれて、

「これに着替えるの」

とお納戸《なんど》色の真新しい羽織袴を差し出された。

「着替えねばならぬほどのところへお供をするのか」

「うちのお客様は大名、高家《こうけ》旗本が多いの」

はあと空返事をした磐音は、埃臭い袷から真新しい衣服に着替えた。

「はい、これ」

と白扇《はくせん》までおこんに持たされ、前から後ろから仔細に点検されて、

「これならば立派な若様だわ」

と呟いた。

「おおっ、これならどちらが供か分かりませんな」

角樽《つのだる》を提げた小僧の宮松《みやまつ》を伴った由蔵も言う。

「行ってらっしゃいまし」

支配人らの見送りを受けて、由蔵と磐音らは外に出た。

三人は神田川右岸を遡った。

「坂崎様には説明の要もないと思いますがな、両替屋の商いの一つに、金を預かっては運用する、また金を貸し付けては利息を頂戴するという預かり金無利子、貸付金高利がございます」

由蔵がふいに言い出した。

小僧は離れて歩いていた。

「うちの貸付は商いをなさる店が多いのですが、中には高家旗本もございます。

これから訪ねる元中奥御小姓衆《なかおくおこしょう》の岡倉美作守《おかくらみまさかのかみ》様三千七百石もその一つにございます。先代は御小姓衆としてなかなかの人物、羽振りもようございました。ところが当代の恒彰《つねあき》様は、遊び好き、酒好きが高じて交替寄合《よりあい》入りに落とされた。御役がつくとつかないとでは極楽と地獄です。恒彰様はこの五年の内に今津屋から八百五十両の借財をなさっておられます。いえ、これには利息は入っておりません」

「さすがに今津屋どの、鷹揚なものですな」

「鷹揚なものですか。ない袖は振れぬと居直られると、直参《じきさん》旗本、なんとも手の打ちようがございません。ところがな、甲府勤番支配に就かれて支度金が出たという話を小耳にしましてな、幾分でもご返済をと参るところにございますよ」

由蔵は神田川に架かる昌平橋で左岸に渡り、聖堂脇の坂を上りつめて水道橋の袂の長屋門の前で足を止めた。

玄関のかたわらには乗り物が三挺止まっていた。

由蔵が玄関番の若侍に名乗ると奥に引っ込んだ。が、すぐに初老の用人《ようにん》と戻ってきた。

「おお、これは今津屋の番頭ではないか」

用人はちらりと小僧の抱える角樽を見た。

「この度、御役に戻られたとお聞きいたしました。おめでとうございます」

「さすがは今津屋、耳が早いな」

「御城の動きをだれよりも早く察知できなければこの商いはできませぬ」

「そうかそうか、今も殿様はお仲間衆と祝い酒を飲んでおられる。ささ、こちらに上がるがよい」

由蔵は玄関に小僧を待たせ、角樽を持とうとした。

「それがしが」

磐音が手を出した。

用人は侍姿の磐音を困ったように見たが、なにも言わずに廊下の奥へと案内した。

庭に面した二間続きの座敷では行灯《あんどん》の明かりが皓々《こうこう》と点され、四人の武家と柳橋辺りから呼ばれた様子の芸者衆が宴会の真っ最中であった。

鳴り物がやんだ。

「おお、今津屋の番頭か」

巨漢の岡倉美作守恒彰が廊下に平伏した由蔵を見た。

「殿様、この度は御役にお就きになられたそうで祝着《しゆうじやく》至極にございます」

「由蔵、御役だと。甲府へ山流しだぞ」

甲府城は柳沢吉里《やなぎさわよしさと》が大和に藩替えになって以来、幕府が直轄《ちよつかつ》管理した。江戸育ちの旗本は山に囲まれた甲府勤番を山流しと称して嫌った。

「とは仰せられますが、御役料千石、実入りは悪くないと聞き及んでおります。それに甲府勤番を務め上げれば、御小姓組番頭《ばんがしら》に抜擢《ばつてき》されます」

「なにが抜擢か、元々わが岡倉家は御小姓組番頭の家柄であったわ」

不機嫌になった恒彰は、

「今津屋、祝いは受け取った」

と、用事は済んだという顔をした。

「殿様、お楽しみのところまことに申しわけございませんが、ちと別室にてご相談がございます」

「なにっ、座を替えろと申すか」

「いえ、ほんのしばらくにございます」

「番頭、この場にて申せ。ここにおるのは親しき朋輩衆ばかり……」

「いえ、ここでは少しばかり差し障りがございます」

「言えぬと言うか。ならば後日にいたせ」

恒彰は由蔵の要件が分かった上で無理を言っていた。

「それではこちらの商いが立ち行きませぬ」

「なにっ、番頭、そなたは祝いに駆けつけたと思うたが、金の取り立てか。酒が不味《まず》うなるわ、帰れ帰れ！」

そこまで言われた由蔵は、居住まいを正した。

「殿様、うちは金子をお貸しして利息をいただく商いにございます。むろん無法な利息をお願いしているわけではございません。お上が決めた利息で双方が期限付きの約定を交わしてございます。こちら様にはこれまでかなりの額の金子を用立ててございます。それが期限が過ぎても元金どころか利息の一部すらご返済いただいておりません。御役に就かれたとお聞きして、融通した金子を幾分でもとお願いに上がった次第……」

顔を青くした用人が由蔵の袖を引っ張った。

が、由蔵も今津屋の別家格まで昇りつめた男だ。梃子《てこ》でも動く気はない。

「面白い！」

と手にしていた大杯を投げ捨てた恒彰が、

「今津屋、用心棒まで連れて借金の催促か」

磐音を睨んだ。

が、磐音は飯をたらふくいただいたばかり、幸福そうな顔でにこにこと笑っていた。

「よかろう、払ってやろう」

「有難うございます」

「その前に一差し舞うのを見物せい！」

よろよろと立ち上がった恒彰は立て切られた襖《ふすま》を開け、長押《なげし》に掛けられた黒柄の槍《やり》を摑むと小脇に抱え、革鞘《かわざや》を抜き捨て、宴の中央に仁王立ちになった。

「番頭、よう見ておれ。少しでも動くと岡倉家伝来の青龍切り、自慢の穂先の田《でん》楽《がく》刺しになるぞ」

芸者たちが慌てて隣室に引いた。

由蔵は微動だにしない。

「酒は飲め飲め飲むならば、日《ひ》の本一《もといち》のこの槍を、飲みとるほどに……」

よろよろとした恒彰が、由蔵の眼前に穂先を突き出した。

穂先が行灯の光にきらめいて、由蔵の体の三、四寸手前でなんとか止まった。

さすがの由蔵も真っ青な顔をしていた。

「岡倉様、お相手つかまつる」

おこんが持たせた白扇を手に磬音が立ち上がり、穂先の前に身を晒した。

「用心棒風情めが！」

恒彰が槍先を磬音に向けた。

「そのほうが望んでの舞じゃ。死の舞になっても知らぬぞ」

恒彰は存分に槍を手元に引きつけると磬音の胸に繰り出した。

磬音の白扇も舞い動いて、ぴたりと槍の千段巻《せんだんまき》に当てられた。

槍の穂先が磬音のかたわらに流れた。

「おのれ！」

恒彰は槍を手元に引こうとした。だが、どうなっているのか、白扇をぴたりと千段巻に当てられた槍はびくとも動かなかった。

恒彰は強引に引き抜くと、よろめく体勢も構わず、磬音の胸を本気で刺し通す気で突き出した。

磬音の扇子《せんす》が躍って、穂先を叩いた。すると黒柄の槍が庭に向かって飛んでいった。

呆然と立ち竦む恒彰に、

「岡倉の殿様、座輿はこれまでにお願いいたします。わが連れは神保小路の佐々木玲圓道場で修行を積んだ者にございます」

と由蔵が言い放った。

「なにっ、直心影流佐々木道場か」

若い旗本が片膝《かたひざ》を立てて刀を引き寄せた。

「今津屋、こ、こちらに参れ。殿は最初から金子を用意されておられたのじゃ」

と用人はその場を言い繕《つくろ》うと、由蔵と磐音を従えて座敷を離れた。


「さすが坂崎様、お蔭《かげ》さまにて三百両を返していただきました」

緊張を解いた由蔵が言い出したのは昌平坂にかかる辺りだ。

宮松の持つ提灯の明かりがちらちらと道を照らした。

「冷や汗をたっぷり掻きましたよ。あれで三百両ではとても間尺《ましやく》に合いません」

「いや、まだ終わってはおらぬようです」

足音が三人の後方に響いた。

岡倉家の宴にいた若い旗本と岡倉家の家臣だろう、五人が追いかけてきた。

宮松が堀端に逃げた。

それでも提灯の明かりは保持していた。

「座興はお屋敷で済みました。江戸市中で刀を振り回しては、お旗本の沽券に関わりますぞ」

由蔵が諫《いさ》めた。

「問答無用」

若い旗本が剣を抜いた。

「あれを見逃してはわれら直参の面目に関わる」

「およしなさればよいものを……」

そう言った由蔵が小僧のかたわらに身を引いた。

「宮松、しっかりと明かりを照らしなされ」

磐音は五人の前に春風に吹かれる柳のように立っていた。

「参る！」

若い旗本が正眼に剣を構えた。

四人の仲間は後詰めに回るつもりか、その背後についた。剣の柄に手を置いていたがすぐには抜く気はないようだ。

磐音は備前国の刀鍛冶包平が鍛えた業物《わざもの》二尺七寸を抜くと峰に返した。

「小馬鹿にしおって！」

罵りの言葉とともに怒濤のように押し寄せてきた。

道場剣法ながら腕に覚えがあるのであろう。

なかなかの太刀筋で正眼の剣が伸びて、磐音の小手にきた。

磐音も走りざまに迎え撃ち、峰に返した包平で擦り合わせた。

相手の剣の攻撃がふわりと絡め取られた。

剣の勢いが殺がれた。

相手は磐音の胴にと攻撃を連鎖させた。が、それも次々に受け止められた。

肩に上げた剣が磐音の肩口に落ちてきた。

大包平が真綿で包《くる》むように応じた。

「おのれ！」

磐音は連続した攻撃を受け止めるだけで反撃しようとはしない。

若い旗本は顔を真っ赤にして、磐音の肩を右に左に疾風《はやて》のように襲撃した。そのことごとくが受け止められ、やんわりと跳ね返された。

「くそっ！」

叩きつけるように最後の一撃を振るった相手は、磐音が受け止める反動を利用してくるりと体勢を入れ替え、間合いを取った。

一間半。

荒い息遣いが昌平坂に響き、宮松の持つ提灯の明かりに若い剣士の顔が泣き顔のように歪《ゆが》んだのを由蔵は見た。

八双の構えを取った若い剣士は、一撃必殺の攻撃を覚悟した。

「おおおっ！」

雪崩《なだ》れるように突進しながら八双の剣を磐音の眉間に叩きつけてきた。

低い姿勢で走り迎えた磐音が大包平を虚空に擦《す》り上げた。

峰に返された剣が初めて受け止めた。

振り下ろされる剣と擦り上げられた剣が虚空で交わった。

火花が散って、

キーン！

という乾いた音が響いた。

若い剣士の剣が柄元《つかもと》から折れて、神田川へと飛んでいった。

「これまで！」

磐音の声が凛然《りんぜん》と響いた。

折れた剣を持つ剣士も後詰めの四人も惚《ほう》けたように立っていた。

磐音は由蔵と宮松を無言で促すと、昌平坂を急ぎ足で下っていった。

二

おこんの淹れた茶を由蔵と磐音は黙って啜った。

二人は今津屋の老分の用部屋に向かい合っていた。

「ふーう」

と吐息をついた由蔵が、

「二度も命を拾いました」

としみじみ本音を呟いた。

「坂崎さん、なにがあったの」

おこんが訊いたとき、主の吉右衛門も用部屋に顔を見せた。

「これは旦那様」

由蔵が青い顔をして戻ってきたと奉公人から知らされて、吉右衛門も顔を見せたのだ。

座り直した由蔵が岡倉家での出来事の一切を主に報告した。

行きがかり上、おこんも同席して聞くことになった。

話を聞き終えた吉右衛門は、

「先代はなかなかしっかりした人物でありましたが、当代の恒彰様は……」

と嘆息した。そして、言い出した。

「老分さん、恒彰様が甲府に赴任なさるまで何があるか知れたものではありませんぞ。念のためです、坂崎様に待機してもらいましょうかな」

と言い出した。

「それはよろしゅうございますな」

由蔵が磐音を見た。

磐音は内心で、

(有難い)

と喜びを噛みしめながら、無言で頭を下げた。

「またよろしゅう頼みますぞ」

細かいことは由蔵と相談してくださいと言い残し、吉右衛門が奥に戻っていった。

おこんが由蔵の遅い夕餉の用意をするために台所に下がった。

「老分さん、日夜お店を守るにはそれがし一人ではおぼつかない。品川柳次郎ら仲間を一人ふたり雇ってようござるか」

「差配は坂崎さんにお任せしますでな、ご勝手に」

と答えた由蔵が、

「ただ竹村《たけむら》さんはどうも……」

と顔をしかめた。

竹村武左衛門《ぶざえもん》は今津屋を襲った南鐐二朱銀騒ぎのとき、磐音や柳次郎とともに今津屋に雇われて働いていた。

その折り、敵方に雇われた剣客二人に襲われて背中を斬り割られ、浅草中之御門の医師厳原湖伯《いづはらこはく》のもとに担ぎ込まれて、一命を取りとめた。

怪我が全治する間、今津屋では竹村の治療代の他、妻女の勢津《せつ》と四人の子供たちの暮らしの面倒を見てきた。

その傷も癒えた竹村はもとの浪人暮らしに戻っていた。

「竹村どのがなにか」

「はい、時折り店に顔を出されて、仕事はないかと申されましてな。いえ、金子を強請《ゆす》るようなことはひと言も申されませんが、家計が苦しいと切々と訴えられましてな。その都度、なにがしかのものをお渡ししてきました。なあに金子は大した額ではありません。ただ、坂崎様や品川様と違って、武士の気概を忘れておられるようでな」

「……それは気が付かぬことでした」

磐音も驚いた。

なにしろ竹村のところは乳飲み子を含めて四人の子供がいた。

磐音や柳次郎のように独り身ではない。

それだけに背に腹はかえられずに無心に来たのであろう。

「品川どのに諮《はか》って、即刻なんとかいたします」

由蔵が頷いた。

「お二人さん、食事の仕度ができましたよ」

おこんが顔を覗かせた。

由蔵は岡倉家に出向いて、食事はまだだった。だが、磐音はすでに終えていた。

「それがしは……」

「坂崎さんもひと働きなされてお腹が空かれたでしょう。用意してあります」

「それはかたじけない」

磐音はにっこりと笑っておこんに感謝した。

二人は台所の板の間に行った。すでに小僧の宮松が膳の前に座って食べていた。

「お先にいただいております」

「宮松も腹が空いたでしょう、たんと食べなされ」

由蔵が小僧の労を労《ねぎら》った。

大人二人の膳には酒がついていて、おこんが酌をしてくれた。

「これはなにより」

由蔵がひと口嘗《な》めるように飲むと、

「いやはや坂崎様とご一緒すると肝を冷やすことばかりです」

と苦笑いした。

「老分さん、それは坂崎様のせいではありませんよ」

おこんが磐音に代わって言った。

磐音はゆっくりと酒を楽しんでいた。

「確かに岡倉様に金子を用立てたうちが悪い。だが、なにしろこのお方は風雲を呼ぶ相を持っておられる」

老分と同席して食べる小僧の宮松が早々に飯を掻き込んで、

「ご馳走さまでした、おこんさん」

と箱膳を流しに運んでいった。

宮松が台所の広い板の間から消えるのを確かめた由蔵が、

「坂崎様は、豊後関前藩中老職六百三十石を継ぐ嫡男《ちゃくなん》にございますそうな」

とふいに言った。

磐音は手にしていた杯を止め、おこんを見た。

おこんには江戸に出てきた経緯《いきさつ》を話していた。

おこんが顔を横に振り、由蔵が言い出した。

「上野伊織様がおいでになったとき、根掘り葉掘り詮索《せんさく》しましたらな、つい坂崎様の境遇やら諸々を洩らされましてな。そのあとにおこんに尋ねたら、おこんも坂崎様からすでに聞いておったという」

そうでしたかと磐音は納得した。

「店で知っているのは吉右衛門様と老分さんと私だけなの」

おこんが言い、由蔵が言葉を添えた。

「坂崎様、お怒りになっちゃいけませんよ」

「そのようなご懸念は無用に願います」

「いえね、御藩の勘定方上野様もそれなりに計算があって洩らされたことにございますよ」

「伊織が計算ですか」

「今津屋に集まるのは金ばかりではありません。豊後関前藩の内情を知ろうと思ったら、たちどころに調べてご覧に入れます。そのことを勘定方の上野様は承知なさっておられたから、坂崎様のご身分やら騒動やらを話されたのです」

「老分どののもわれら幼馴染みが相戦う羽目になった背後には、なにかの意図があってのことと思われますか」

「私が今言えることは、豊後関前藩には表に出ない借財がかなりあるということです。借金の先は大坂の両替商天王寺屋五兵衛《てんのうじやごへえ》に八千両、近江屋彦四郎《おうみやひこしろう》に三千五百両、江戸京橋の同業、藤屋丹右衛門《ふじやにえもん》に五千両と、都合一万六千五百両の額にのぼりますな。これに利息が加わりますから大変な額になりますな」

磐音は呆然とした。

江戸藩邸に三年勤番した磐音も、全く与り知《あずか》らぬ借財であった。

藩では大坂の蔵元備前屋《びぜんや》考右衛門《こうえもん》に銀二千六百貫（およそ四万二千両）の借財があった。それに蔵前の札差伊勢屋《いせや》源八《げんぱち》に三千八百両の融通を受けていた。

これらの借財の総額は、関前藩の実高三年分に当たった。

磐音の父の正睦は、この借財をおよそ十年で返済する計画を立てた。

そのために自藩で得られる物産を藩の物産所に集荷させて、大坂、江戸に海運で一手に運び、利益を上げることを軌道に乗せたところだった。

この企てを磐音ら江戸勤番の若手が帰国してさらに推し進める、その矢先の騒ぎであったのだ。

もし由蔵の言うことが正しいとすれば、さらに一万六千五百両の借金がかさむことになる。いや、問題はだれがなんのために借金を負ったかだ。

「坂崎様、今少し時をいただければ詳しく調べることもできます」

「…………」

「関前藩を黒い鼠が徘徊するに任せておいてよいのですか」

由蔵が言った。

「私の勘も、坂崎さんたちの帰国をよからぬことと思っていた者たちが汚い手を使ったと言っているわ」

とおこんも言葉を添えた。

磐音は無言のうちに由蔵に頭を下げた。すると由蔵が胸をぽーんと叩いた。

階段下の四畳に布団が敷かれ、磐音の寝所になった。

磐音は行灯の明かりで上野伊織の文の封を切った。

〈取り急ぎ一筆認《したた》め候《そうろう》。昨年の修学会中止の命を下されたのは御直目付《おじきめつけ》の中居《なかい》半蔵《はんぞう》様と判明致し候。また昨日江戸屋敷に国許より次席江戸家老として宍戸有朝《ありとも》様がご着任、国家老宍戸文六様の息がかかった江戸藩邸宍戸派の強化かと考えおり候。また、江戸屋敷、国表《くにおもて》ともに近く大幅な人事一新があるとの噂が江戸屋敷に広まり、藩士一同落ち着きをなくしおり候。ただし我ら軽輩の者にはまずは御役異動など無縁にござ候故、幹部方の慌てふためきぶりを腹の中で苦笑いしつつ監察致しおり候　伊織〉

御直目付は禄高七百石で、江戸家老、留守居役ら幹部諸職の仕事ぶりを監察する役目であり、関前藩では殿様近くの御奥番頭を兼ねていたから、一番恐れられる役職といえた。

中居半蔵は厳正中立の士として知られ、宍戸文六らを頂点とする守旧派とも若手の藩政改革派とも一線を画して、双方を見守ってきたという記憶が磐音にはあった。

次席江戸家老として宍戸有朝が着任したのは、江戸家老の篠原三左《しのはらさんざ》が老齢になったことと、篠原家に嫡子不在で後継がいないことへの備えと思えたが、有朝は文六の末弟で、当然のことながら宍戸派の中心人物の一人だ。

（はてさてどうしたものか……）

関前藩と縁を絶ったつもりが、今また争いの渦中に巻き込まれようとしていた。

磐音は行灯を吹き消すと布団の上に横になった。


本所の北割下水は貧乏御家人の住む一帯として知られていた。

永の無役の品川家の門扉《もんぴ》は、半ば壊れかけて風にがたがたと鳴っていた。

「ごめん、柳次郎どのはおられるか」

磐音が門の奥に向かって叫ぶと当の柳次郎が、

「坂崎さんか、上がれと言いたいが外の方がせいせいする」

と無腰のまま出てきた。

「今津屋で仕事です」

「しめた」

柳次郎はだいぶ手入れを放置された屋敷に走り込み、すぐに袴だけを着け、大小を手に飛び出してきた。

「今度もまた用心棒ですか」

北割下水を歩きながら磐音は昨夜の一件を説明した。

「なんと甲府勤番の三千七百石と喧嘩騒ぎですか」

俄然、柳次郎が張り切った。

御家人は御目見《おめみえ》以下、無役とくれば直参といっても数にも入れてもらえない。それだけに旗本の高家に対して張り合いたい意地があった。

「品川さん、ちと問題がある」

磐音は竹村武左衛門が今津屋に無心に行った一件を告げた。

「竹村の旦那、酒を飲みたくてたかりに行ったたな」

柳次郎が嘆息した。

「とっちめてやりたいが、なにしろ子沢山の貧乏人だ。気持ちも分からんではない。坂崎さん、どうすればいい」

「由蔵どのに頭を下げて、竹村さんにも仲間に加わってもらおうと思う。その日当の中から、融通してもらった金を差し引くというのは」

「それができますか」

「三人で頭を下げればなんとかなるでしょう」

「ならば竹村さんの長屋を訪ねるか。坂崎さん、驚いちゃいけませんよ」

「貧乏長屋ならこれまでも沢山見てきました」

柳次郎がにたりと笑って、割下水を飛び越えた。

溝《どぶ》と路地が撚《よ》り合わさるような界隈を柳次郎はすたすたと進んだ。すると一段と激しく溝から異臭が漂い、それが長屋の厠《かわや》の臭いと混じり合って、なんとも言えない独特な臭気が磐音の鼻を襲った。

小さな広場にある井戸では女たちが群がって洗濯をしていた。どれもが黄ばんで継ぎの当たったぼろばかりだ。

柳次郎はすでに干された洗濯物の下を搔い潜ってさらに奥に進んだ。

このところ雨が降っていないせいで、迷路の路面からは埃が風に舞い上がっていた。

割下水には南と北があった。

単に割下水と呼ぶとき、南を差した。

旗本諸家が屋敷を連ねる南に対し、北割下水は下級武士、貧乏御家人の住む一帯であった。ところが南にも、北を凌ぐ貧乏人の住む地帯が吉岡町の裏手にあった。

南割下水吉岡町のどんづまりに竹村武左衛門の住む半欠け長屋はあった。木戸もなければ板壁も満足に残っていない。板屋根は波打ち、雨が降ったときの悲惨さが磐音にも想像がついた。

「勢津どの、竹村さんはおられますか」

勢津は洗濯物を干していたが、慌てて磐音と柳次郎に頭を下げた。

「おまえ様、品川様と坂崎様が」

妻女の声を聞いた武左衛門が、よれよれの単衣《ひとえ》に襷掛《たすきが》けで、手に刷毛《はけ》を持って出てきた。袋張りの内職をしていた風情だ。

「仕事だ、今夜は戻れぬ」

頷いた武左衛門が長屋に消え、その代わりに子供が二人顔を見せた。長女の早苗《さなえ》八つと長男の修太郎《しゅうたろう》五つだ。

「品川様、ご苦労にございます」

早苗がつんつるてんの着物の丈を気にしながら挨拶した。

「父上は仕事じゃ、留守を頼むぞ」

柳次郎とは親しい仲とみえて、柳次郎も二人に声をかけた。

「おお、そうじゃ。このお方はな、父上の朋輩の坂崎磐音様だ。これからも顔出しされるやもしれぬ。早苗、修太郎、頼むぞ」

柳次郎の言葉に早苗がしっかりした視線を磐音に向けて、

「よしなにお付き合いください」

と挨拶した。

「それがしのほうこそ、よろしく頼みいる」

磐音が頭を下げたところに、羊羹《ようかん》色になった袴の腰に塗りの剝《は》げた大小を差した竹村武左衛門が姿を見せた。

その顔は長屋から出られた解放感に溢れていた。

三人は溝を飛び越え飛び越え、北割下水まで戻ってきた。

「竹村さん、仕事は今津屋だ」

柳次郎がふいに言った。

すると武左衛門の足が止まり、困惑の顔を見せた。

「竹村の旦那、今津屋の老分に無心に行ったそうだな。そいつは禁じ手だぜ」

柳次郎がずばりと言った。

「すまぬ、柳次郎、坂崎さん」

竹村武左衛門が頭を下げると、

「一番下の子が熱を出しおってな、医者に診せようとつい……」

「竹村の旦那、おれにそんな嘘は通じないぜ。勢津どのに隠れて酒を飲みたかっただけであろうが」

「すまぬ」

「竹村さん、稼ぎはないものと覚悟してください」

「坂崎さん、相分かった。以後、かようなことは絶対にいたさぬ。金打《きんちょう》してもよい」

北割下水で刀の鍔《つば》を差し出した。

金打とは、武士同士が約束を違《たが》えぬという誓いに刀の刃や鍔など金属を打ち合わせることだ。

「北割下水で金打もないもんだ」

柳次郎は吐き捨てると、

「貧乏侍には貧乏侍の意地があらあ。今津屋は坂崎さんを信頼しておるのだ。その仲間を裏切っちゃならねえよ」

と伝法な口調で言い、さっさと歩き出した。

武左衛門が面目なさそうな顔で従い、そのあとを磐音がのんびり行った。


由蔵は竹村の一件を了解してくれた。

三人の日当は三度の飯付きで一分と決まり、竹村は差し当たって五日分の稼ぎはなしということになった。

三人が交替で今津屋の用心棒に入って三日は何事もなく過ぎた。

甲府勤番に決まった旗本三千七百石の岡倉美作守恒彰は沈黙を守ったままだ。

「こりゃ、考えすぎでしたかねえ」

由蔵が磐音に言った夜、磐音は由蔵の供で別口の借金の取り立てに回った。

同じ旗本御徒《おかち》組頭二千石、大久保《おおくぼ》播磨守忠義《はりまのかみただよし》の愛宕下の屋敷だ。

用件はすぐに済んだ。

用人が百五十両を用意していて、

「由蔵、すまぬが本日はこれで勘弁してくれ」

と先手を取られた。

「大久保様には本日までに三百両の返済をお約束してございましたが、あちらから頭を下げられるとなんとも腰砕けだ」

　帰り道、由蔵が苦笑いした。

「まさか岡倉様の一件が外に漏れたということもないと思うが……」

　由蔵は独り言を呟いた。そして、視線を磐音に向けた。

「坂崎様、豊後関前藩がなぜ一万六千五百両も借金したか、調べがつきましたよ」

「つきましたか」

　と答えながら磐音は由蔵の素早い仕事ぶりに驚いていた。

「一昨年の暮れ、江戸家老篠原三左様の名で借り受けられた金は、材木相場に注ぎ込まれております」

「材木相場ですと」

「天領飛騨《ひだ》のお止め山から切り出された膨大な材木を、美濃《みの》太田宿の材木問屋濃尾屋《びや》《のう》を通して篠原様はお買いになり、明和八年（一七七一）の暮れに江戸に運び込まれて貯木なされた。なかなか目端《めはし》の利いた御仁ですな」

　老い衰えた篠原三左を知らない由蔵が言って笑った。

「翌明和九年二月二十九日、目黒の行人坂から出火して江戸を焼き尽くす大火となりました」

（そうか、そうだったな……）

この言葉に磐音は息を呑んだ。

もしそれが事実なら、一万六千五百両分の材木は五倍にも十倍にも高値を呼んで、関前藩は大儲けしていたはずだ。

「ところが貯木されたのが麻布《あざぶ》の借り上げ屋敷、目黒の火がたちまち貯木に移って、大損の大火傷《おおやけど》を負ってしまった」

「なんと……」

「武家の商法はうまくいかないという見本です」

坂崎磐音はその時分、江戸屋敷に勤番していたが、全く与り知らぬことであった。

「まあ、京橋の藤屋丹右衛門様の老分番頭を紹介しますから確かめてごらんなさい」

と由蔵は唆すように言った。

三

翌日の昼下がり、豊後関前藩勘定方の上野伊織が、愛宕権現社の急な石段を息を弾ませながら上ってきた。

家康公の守護将軍地蔵尊像を安置した愛宕権現は、慶長《けいちょう》八年（一六〇三）に社殿が完成、江戸では火伏《ひぶせ》の神として信心されていた。

愛宕権現の名物はこの男坂六十八段の急な石段と、その石段を曲垣平九郎《まがきへいくろう》が馬でのぼったという伝承である。

伊織を迎えた磐音の目に、石段の下に品川柳次郎が立っている姿が小さく見えた。

磐音が駿河台の藩邸から伊織を呼び出してくれた柳次郎に手を振ると、柳次郎も手を振り返して両国西広小路に戻っていった。

「駿河台近くでは差し障りがあろうかと、愛宕まで遠出してもらった。用心にこしたことはないからな」

「磐音、なにかあったか」

伊織が訊いた。

「そなたに訊きたいことがある」

と言った磐音はまず拝殿の前に進み、豊後関前藩の安泰と藩主福坂実高の健康を祈った。

伊織も真似た。

石段のかたわらに甘酒の暖簾がかかった茶屋があった。

磐音はそこに伊織を連れていった。

「甘酒をくれぬか」

老婆に注文すると、磐音は桜の木の下に置かれた縁台に伊織と並んで座った。

「伊織、今津屋の老分どのが気になることを調べてくれた……」

と前置きして、由蔵が話してくれたことを伊織に告げた。

伊織は息を呑んで話を聞いていた。

「今日、ここへ参る途中、京橋の両替商藤屋の老分久兵衛どのに会って、確かめて参った。久兵衛どのは、今津屋の口添えゆえに事実かどうかだけは返答するが、商いには守秘も大事、詳しいことは言えぬと申されてな」

勘定方の伊織が頷いた。

当然の答えであった。藤屋は今津屋の老分由蔵の口添えがなければ、面会にも応じてはくれなかっただろう。

「磐音、事実であったか」

「藤屋に五千両の借財を関前藩が負っていることは事実であった。むろん、利息が加算されると額はもっと大きくなる」

「なんと……」

伊織はしばらく絶句して考え込んだ。

運ばれた甘酒から静かに湯気が立ちのぼっていた。

磐音は甘酒を口に含んで気を鎮めた。

伊織も無意識のうちに真似た。

「勘定方のおれが知らぬ借金が一万六千五百両もあったとはな。それを老齢の篠原様がお借り上げになったとはとても信じられぬ」

「篠原様はここ数年病がち、寝たり起きたりの暮らしであることは藩邸のだれもが承知のことだ。その篠原様が大坂やら江戸の商人から大枚《たいまい》の金子を借りて、美濃の材木問屋と交渉して天領の材木を買い上げ、値上がりを待つなど大技を振えるものか。江戸家老の名を借りて、動いた者がいるということだぞ」

伊織が頷く。

「ともあれこのようなことができるのは、江戸屋敷でも数人の重役方だけだ」

「藩主の実高様もご存じあるまいな」

「間違いなく……」

と答えた伊織が、

「磐音、調べる。しばらく時をくれ」

決然と言った。

「こいつは慎重を要する。くれぐれも気をつけて行動してくれ」

伊織は緊張した面持ちで磐音に頷き返した。

二人はしばらく沈黙したまま、冷めかけた甘酒の残りを飲んだ。

「磐音、次席家老に宍戸有朝様が着任なされて、江戸藩邸の権限は一気に宍戸派が握った感があってな、だれもが戦々恐々としておる」

「なんとのう」

「修学会に出ていた若手の連中が毎日何人も宍戸有朝様の御用部屋に呼ばれて、根掘り葉掘り問い質された上にきついお叱《しか》りを受けておる最中だ。そのうちおれにも呼び出しがこよう」

「専断の政《まつりごと》ではないか」

「実高様は国表、江戸家老は全くお気付きでない」

伊織はぼやいた。

「反宍戸派の方々はどうしておられる」

「殿に同道して国許に戻られ、頼りになる方々がおられぬ」

「宍戸文六様はそれを計算して動かれているのであろう」

「殿が参勤交代で江戸に上がってこられるまでには、江戸はすっかり宍戸派に乗っ取られ意のままにされておるぞ」

「御直目付中居半蔵様は動かれぬか」

「半ば居眠りしてござる」

と答えた伊織が、まさかと呟いた。

「磐音、中居様も宍戸派に取り込まれたということはあるまいな」

「さてそれは……」

藩外に離れた磐音にはなんとも答えようがなかった。

「とにかく宍戸有朝様に呼ばれたら、知らぬ存ぜぬで通せ」

「おれは勘定方で惚けの伊織と呼ばれておるからな、馬鹿面でぺこぺこと頭を下げてこよう」

そう答えた伊織はなかなかの能吏《のうり》である。そのことを磐音は修学会を通じて承知していた。

「能ある鷹は爪を隠す、それに越したことはない」

頷いた伊織が立ち上がると、先に参ると言い残して石段を下っていった。

磐音は四半刻（三十分）も茶屋であれこれと考えた後、店を終える仕度をする老婆に茶代と心付けを払った。

「お侍様、またおいでくださいまし」

老婆の声に送られて愛宕権現から江戸市中へと下っていった。


坂崎磐音が両国西広小路米沢町の両替商今津屋の前に辿りついたとき、店の中から怒鳴り声が響いてきた。

店の前には通りがかりの人間やら出入りの客やらが立ち止まって、中の様子を覗き込んでいた。

「わが先祖が関ヶ原の戦いにて敵方の武将を討ち取り、槍の穂先に吊して戦場を駆け回るうちにかような干し首になったもの、わが屋敷の家宝である。金子に困ったによって恐れ多くもカタに差し出し、五百両を融通してほしいと頼んでおるのだ。今津屋も両替商の分銅看板を掲げておるのなら、素直に五百両を差し出せ」

「うちはお客様の預り物に金をお貸ししているのではありませぬでな、信用でお貸ししているのでございます。お断りいたします」

老分の由蔵のきっぱりした声が応じた。

「カタが要らぬとな」

「はい、要らぬ場合もございます」

「ならばこの干し首なしに金子を用立ててもらおうか」

「ですから、あなた様方には信頼がおけませぬのでお断りすると申しているのですよ」

「番頭、神君東照宮様以来の家柄、直参旗本細井《ほそい》且村《かつむら》に向かって吐《ぬ》かしおったな！」

「細井さんとやら、直参旗本が強請《ゆすり》たかりをしちゃいけねえな」

品川柳次郎の声が加わった。

「用心棒風情が旗本千九百石に向かって、強請たかりと申したか」

「おまえさんちは千九百石かい。うちは北割下水の貧乏御家人だが、まだ強請たかりには落ちてないぜ」

今日の柳次郎は気合いが入っていた。

御目見以下の御家人の次男が大身の旗本に対抗しようというのだ。

意地の問題であった。

「津金陣之助《つがねじんのすけ》、かくなる上はかまわぬ。無礼な今津屋の根性を叩き直すまでじゃ、ひと暴れいたすぞ！」

「おおっ！」

数人の声が呼応した。

磐音は、

「ごめんくだされ」

と見物の群れを掻き分けて、今津屋の広い店先に入った。

派手な羽織を着た大男が朱鞘の柄を片手で叩いていた。

仲間はその者を入れて五人だ。

磐音の見知った顔が一人いた。

今津屋の店の上がりかまちに皺《しわ》くちゃの首らしきものが置かれていた。

刀の柄に手をかけて対決していた品川柳次郎がほっとした顔をした。

竹村も緊迫の表情で柳次郎の後ろに控えていた。

「やはり岡倉様のお仲間ですか」

のんびりとした磐音の声が、とげとげしい店先の緊張を緩《ゆる》めた。

「細井様、こやつが今津屋の用心棒にございます」

先夜、磐音と立ち合って刀を神田川に弾き飛ばされた若侍が津金陣之助だった。

六尺余の痩身の細井且村がじろりと磐音を睨んだ。

年の頃は三十五、六か。腰の据わり具合はなかなかである。

磐音はにっこり笑って応《こた》えた。

「細井様、今宵は商い成り立たず、人形の首を持ってお帰りくだされ」

「人形の首と申したか」

「では干し首をお持ち帰りくだされ」

「商人の用心棒ごときが直参旗本に指図いたすか」

「直参旗本、直参旗本と馬鹿の一つ覚えみてえに叫ぶ度に、上様のお名を汚しているということが分からねえのか！」

磐音が戻ってきてさらに勢いづいた柳次郎が啖呵《たんか》を切った。

「言いおったな、許せぬ!」

津金が剣を抜いた。

仲間も抜いた。

細井の剣はまだ朱鞘の中だ。余裕綽々《しやくしやく》として今津屋の高い天井を見上げながら、

「津金、円明《えんめい》流の細井且村が差し許す。好きなだけ暴れよ」

と言い放った。

円明流が尾張藩に広まった剣というくらいしか、磐音には知識がない。

「細井様、お相手つかまつる」

磐音は痩身旗本の前に進み出た。

細井は羽織を悠々と脱ぐと、朱糸を巻いた柄に手をかけてそろりと剣を抜いた。

「わがご先祖が関ヶ原をはじめ、数々の戦場を往来して敵の兜首《かぶとくび》を上げてきた三《さん》条宗近《じようむねちか》の錆《さび》の一つに加えてくれる」

磐音は静かに大包平を抜くと峰に返した。

「若造、峰に返す必要などない、遠慮なく参れ」

「お手柔らかに願います」

磬音は居眠り剣法そのままにのんびりと、峰に返した包平を地擦りにつけた。

するとその周りに長閑な春風がそよぎ渡っていった。

「旗本八万騎の中でも武勇を讃えられた細井一族に対し、かようにも愚弄《ぐろう》いたすとはいい度胸だな」

且村の顔が真っ赤になった。

柳次郎と竹村、津金たちの二組は、刀を構えて対峙したまま見物に回った。

且村が三条宗近を正眼から上段に移し、息を溜めた。

「ふあっ！」

荒い息が吐き出され、痩身は暴風のように磬音に襲いかかった。

眉間に落とされた宗近を地擦りの包平が払い、優しく包み込むように絡み合った二剣を支点に、体の位置を変えた。

「おのれ！」

宗近を強引に手元に引き寄せた且村は、磬音の小手斬りを鋭く狙ってきた。

その連続した攻撃を磬音が撥《は》ね、受け、合わせた。

左右の小手斬りの連鎖のあと、円明流の胴斬りへと流れるように移行した。

磬音はふわりと、宗近の切っ先の寸余先を外に逃れ出ていた。

再び間合いが取られた。

真っ赤だった顔がどす黒く変り、酒臭い汗が流れ落ちていた。

「細井様、もはや無益な勝負にございます」

「さまざま言辞を弄しおって、もはや許せぬ」

且村が宗近を八双に構え直した。

磐音は正眼につけた。

且村が六尺の長身を伸び上がらせるようにして威圧の構えを見せ、一撃必殺の面斬りを見せて突進してきた。

その瞬間、居眠り剣法が豹変した。

低い姿勢から迎撃すると宗近の刃下に入り込み、迅速の胴打ちを送った。

ぼきり！

鈍い音が今津屋の店先に響き、且村は足をもつれさせて顔面から土間に崩れ落ちた。

脇腹の骨が何本か折れ、悶絶していた。

磐音は包平を引くと津金に、

「津金どの、細井様とご一緒にお引き取りなされ」

と言った。

もはやその顔には、いつもの春先の縁側に落ちる陽射しのように長閑な表情が漂っていた。

それが津金たちを萎縮《いしゆく》させた。

刀を納めた四人の若侍が細井の手足を抱えた。

「津金様、岡倉の殿様にお伝え願えますか。これ以上無益なことをなさると今津屋としても出るところに出ますとな」

由蔵がぴしゃりと言った。

津金らはそれには応えず、

「どけどけ！」

と店の前の見物の群れを押し退《の》けて出ていった。

「これにて一件落着かな」

品川柳次郎が残念そうに呟いた。

「品川様、ご心配なく。岡倉様が甲府に出立《しゆったつ》なされるまでにはまだ数日の余裕がございます。それまではお雇いいたしますよ」

「有難い」

柳次郎が嬉しそうに叫んだ。

その夜、磐音は金兵衛長屋に戻った。

一日に二度も岡倉の嫌がらせがあるとは考えられなかった。そこで柳次郎と武左衛門に今津屋での不寝番を頼んで、深川六間堀町に戻ることにしたのだ。

長屋の木戸口で青物の棒手振りの亀吉《かめきち》に会った。

厠にでも行っていた様子だ。

「あれっ、旦那は今帰りかい」

「ああ、そうだが」

「旦那の長屋で人の気配がしたような気がしたんで、戻っていなさると思ってたんだが」

「いつのことか」

「半刻《はんとき》(一時間)も前かね」

磐音は亀吉に頷き返すと自分の長屋の前に立った。

内に人の気配はない。それでも柄に手をかけて障子戸を開けた。

わずかに煙草の臭いが漂い残っていた。だれかが侵入したことは確かだ。

「また泥棒かい」

亀吉が訊いた。

「はてな」

行灯の明かりを点した。すると部屋の中がぼうっと浮かび上がった。

「荒らされてはいねえようだな」

亀吉が言い、急に興味を失ったように自分の長屋に戻っていった。

磐音は木箱に置かれた三柱の位牌を見た。

一通の書状が残されてあった。

宛名は坂崎磐音、差出人の名はなかった。

磐音は行灯のそばに座して、書状の封を切った。

〈坂崎磐音に申し渡す。そなたはすでに豊後関前藩に関わりあらず、あれこれと藩の内情に首を突っ込むこと不要と知るべし。その事を改めて警告す。すでに朋友の小林琴平、河出慎之輔、この世に非ず、両家とも廃絶せり。残るは坂崎家のみなり、この事に熟慮致せ。さらにはそなたの許婚小林奈緒、未だ豊後関前藩内に住みし事失念するなかれ　豊後関前藩有志〉

なんということか。

た者がいる。

磐音が動き続ければ坂崎家を潰し、さらには奈緒に危害を加えると通告してきた者がいる。

さすがの居眠り磐音も慄えがくるほどに憤怒し、不安に落ちた。

坂崎の家は父の正睦がまだまだ壮健、なにより藩の重役の一人であり、藩主福坂実高の信頼も厚い。

国家老の宍戸文六でもそうそう簡単に手を出せるわけもない。

だが、小林家は廃絶され、奈緒の兄琴平と姉の舞の二人が亡くなり、藩の擁護《ようご》を受ける立場から離れていた。それだけに奈緒の身が心配であった。

(どうしたものか……)

磐音はその夜、まんじりともせずに一夜を過ごした。

夜明け前、大川端に出た磐音は懊悩《おうのう》を振りはらうように大包平を振るった。振るい続けた。

それは肉体の限界を超えて二刻(四時間)ほども休みなく続けられた。

両腕の筋肉が張り詰めて二尺七寸の長剣の保持が定かでなくなったとき、磐音の精神は冴え冴えとしてきた。

(脅しなぞには屈せぬ)

その一事が磐音を奮い立たせた。そして、

（奈緒、無事でいてくれ）

と遠い地に生きる奈緒に届けと祈った。

四

江戸にも馥郁《ふくいく》とした梅の香りが漂い流れ、筑波おろしにも時折りだが仲春《ちゅうしゅん》の陽気が籠った。

今津屋周辺は数日間、平穏に時が流れた。

品川柳次郎が、甲府勤番に就いた岡倉美作守恒彰一行が翌朝七つ発《だ》ち（午前四時）で甲州へ向かうということを聞き込んできた。

「まずはひと安心にございましたな」

その知らせを聞いた由蔵がほっと安堵の言葉を吐いた。

「なればわれらの仕事も終わるな」

「坂崎様、岡倉様は油断のならないお方、江戸を出られる明日まではお三人に働いて貰いましょうかな。夕餉には一本つけさせますでな」

武左衛門が嬉しそうに舌嘗めずりした。

その夜、今津屋で夜明しした磐音はその足で宮戸川に回り、仕事を終えて六間湯でのんびりと湯をつかい、金兵衛長屋で昼過ぎまで眠った。

今津屋に出向いたとき、すでに八つ（午後二時）を回っていた。

竹村武左衛門だけが神妙に四畳間で絵草紙をめくっていた。

「柳次郎は老分どのの付き添いでな」

その昼前、由蔵は品川柳次郎を伴い、掛け取りに麻布の交替寄合の松平主税《まつだいらちから》の屋敷へ出向いたという。

「この仕事もあと数刻か」

武左衛門が溜息を洩らした。

無心した金を引かれても武左衛門の手には一両二分ほどが残る計算だ。子沢山の彼としては、もう数日仕事を続けたかったというのが本音だった。

「またなんぞありますよ」

独り者の磐音が呑気に答えたとき、小僧の宮松が、

「坂崎様、上野伊織様がお見えになっておられます」

と知らせた。

「すまぬがここに通してもらえぬか」

勘定方が両替商を訪ねたとしてもそう不自然ではあるまい。そう考えた磐音は宮松に頼んだ。

「はい」

と宮松が表に戻ると、

「それがしもちと外の風に当たりたい」

と武左衛門が気を遣った。

「竹村さん、申しわけございませんな」

「なんの、夕刻の酒が楽しみでな」

武左衛門と入れ替わりに伊織が階段下の四畳間に入ってきた。

「磐音、そなたは今津屋と昵懇の仲と申したが、布団部屋みたいなところに押し込められておるのか」

「あれか、少しばかり見栄を張ってみた。時折り、用心棒を頼まれておるだけのことだ」

「そのようなことか」

伊織が浪人暮らしに苦労する磐音に同情の色を見せた。そこへおこんがお茶を

運んできて、

「坂崎さん、ここではあんまりだわ。お客様を奥座敷へお通しなさいな」

と言い出した。

伊織があでやかなおこんの姿に見惚《みと》れた。

「おこんさん、ここのほうが気楽でよい」

「今津屋ではお武家様を階段下の行灯部屋に入れたとあっては、世間に聞こえも悪いわ」

おこんは困った顔をした。

「上野伊織にそんな気遣いは無用」

「そう、ここでいいのね」

おこんが盆の茶を上野伊織と磐音に供して、

「坂崎様にはひとかたならずお世話になっておりまして、今津屋とは身内同様の間柄にございます。今後も気楽にお訪ねくださいまし」

と婉然《えんぜん》とした笑みで挨拶して消えた。

「磐音、一体全体どうなっておる」

「うん、いろいろとな」

と答えた磐音が訊いた。

「それよりなにか起こったか」

「呼ばれたぞ、宍戸有朝様のところにな。有朝様の腹心、御番組小頭の三田村平《みたむらたいら》どのと御徒組の黒河内乾山《くろごうちけんざん》も同席しておってな、いやはやそなたとのことをこっぴどく問い詰められ、修学会時代の付き合いを詮索された」

三田村平は神保小路の佐々木道場を毛嫌いして、芝にある一刀流梶原魚妙道場で腕を磨いて、皆伝を得た剣士だ。また修学会の集まりをうさん臭く批判的に見てきた男でもある。

黒河内は宍戸派の三田村の腰巾着《こしぎんちゃく》のように行動を共にしてきた。

磐音は、金兵衛長屋に忍び込み、文を残していった人物こそ黒河内ではあるまいかとふと思った。

「どう答えた」

「最初は惚けた面でとぼけようと思うたが、三田村らが口を挟んでなかなかそうはさせてくれぬ。そこでな、坂崎磐音ら集まりの中心的人物とは身分違い、それがし、強引に誘われ集まりの端に加わったが、口も利いてもらえなかったと不満を洩らしてみた。まあ、なんとかその場は逃れることができた……」

伊織は心からほっとした顔を見せた。

「だがな、三田村がそれがしらの行動は逐一見ておると脅しつけおってな、これからも何度でも呼び出すと言いおったわ。それに……」

「……それになんじゃ」

「やはり江戸屋敷で大きな人事一新が行われるそうな。下っ端のおれには関係あるまいと思うていたが、どうもそうではないようだ。まさか藩から放逐《ほうちく》はされまいが、殿が上府されるまでに宍戸派は完全に藩邸を制圧するつもりだぞ」

（どうしたものか）

磐音はしばらく沈黙したが考えがまとまらなかった。

「伊織、またおれの長屋に押し入った者がおる」

置き文の一件を話した。

「なんと、あからさまに正体を見せてきたか」

「名はないが豊後関前藩有志とあった」

「おれの見るところ、三田村に命じられた黒河内乾山あたりの仕業だな」

伊織も磐音と同じ考えを示した。

「黒河内は煙草吸いか」

「あやつは尻の穴から煙が出そうなほどの煙草好きだ」

磐音は部屋に煙草の臭いが残っていたことを告げた。

「黒河内に間違いないな」

「となれば伊織、いよいよそれがしとのつながりを相手に悟られてはならぬ」

ああ、と伊織が頷いた。

「当分会うのはやめるか」

「火急なことがあればここか、深川六間堀の鰻屋宮戸川に連絡をくれ」

頷いた伊織が、

「勘定方を辞させられるかもしれぬ。そこでな、近々御文庫に入って、例の一万六千五百両の借財の証文か書き付けを調べてみるつもりだ。藩勘定方の帳簿に記載されぬまでも、その証《あかし》が残っておるやもしれぬでな」

「伊織、三田村らの目が光っておる、無理だけはするな」

「宍戸有朝様の江戸次席家老着任を祝う宴が鉄砲洲《てっぽうず》の茶屋で近々催されるそうな、江戸の宍戸派は全員出よう。その折り、試みてみる」

「いいな、無理は禁物だぞ」

「承知した」

磐音はおこんを呼んで、伊織を今津屋に仕事に来た者のように送り出してくれぬかと頼んだ。よく考えれば豊後関前藩と今津屋には付き合いがない。いくら勘定方とはいえ、出入りは不自然だ。

おこんが二つ返事で引き受けた。

しばらくして上野伊織が今津屋の暖簾を分けて外に出た。すると支配人の和七《わしち》が、

「上野様、お役に立てずに申しわけありませんでしたな。これに懲《こ》りずにお付き合いのほどを願いますよ」

と、さも商いの話で来たふうを装って送り出してくれた。

伊織もまた何度も頭を下げて返礼すると、浅草御門から柳原土手《やなぎわらどて》伝いに駿河台の関前藩江戸屋敷へと戻っていった。するとそのあとを二人の武士が尾行していった。

「造作をかけたな」

と磐音が支配人の和七とおこんに礼を述べた。

「なんの、大したことではありませんよ」

と答えた和七が、

「老分さんのお戻りが遅うございますね」

と帰りの遅いのを気にした。

「まだ日も残っておるし、品川さんもついておるでな」

「そうでしたな」

磐音は四畳間に戻って、伊織のもたらしたことを改めて考えていた。

「坂崎様！」

支配人の和七の悲鳴が店に響いた。

伊織が戻って半刻（一時間）もした頃だ。

包平を鷲摑《わしづか》みにした磐音が店に走った。

和七は丸められた紙礫《かみつぶて》と煙草入れを手に持っていた。

「坂崎様、投げ文が……」

磐音が文をひったくって目を落とした。

〈今津屋老分由蔵と品川柳次郎の身を当方にて預かり候。今宵九つ（十二時）坂崎磐音一人に千両を持参させ、麻布村宗善寺を来訪の事。金子と二人の身柄を交換致し候。町方目付に届け候時、二人の命はなきものと約定致し候　旗本組〉

和七は由蔵の煙草入れと一緒に紙礫が投げ込まれたと言った。

由蔵と柳次郎が囚《とら》われの身になったのは確かだ。

磐音は奥に向かい、主の吉右衛門に面会を求めた。

文を読んだ吉右衛門は、

「甲府勤番になられた岡倉恒彰様と考えてようございましょうな」

「まずは」

「今津屋の老分の命が千両とは安く見積もられたものよ」

とうそぶいた。

「今津屋どの、文面どおりに受け取ってよいものでしょうか」

「坂崎様、どうなさるおつもりでございますな」

「千両を拝借して出向くしかありますまい」

すでに磐音の言葉はいつもの長閑なものに戻っていた。

吉右衛門が頷き、

「お任せしてよろしいかな」

と訊き、今度は磐音が首肯した。


四つ（午後十時）過ぎ、千両箱を積んだ辻駕籠が今津屋の店先から出ようとした。

「坂崎さん、それがしも同道できぬか」

竹村武左衛門が磐音に何度目かの嘆願をなした。

「竹村さん、ここは相手の言うとおりにせねば二人の命に関わる」

「駄目か」

武左衛門ががっくりと肩を落とした。

「頼みましたぞ」

という吉右衛門らの声に見送られた坂崎磐音は、辻駕籠に従って馬喰町の通りへと入っていった。


無住の宗善寺は麻布村広尾原のただ中にあった。近くには百姓屋すら見ることができない枯れ芒《すすき》の原っぱで、江戸市中よりも気温がぐっと下がったのが磐音にも分かった。

壊れかけた山門の向こうに明かりが見えた。

「ここでよい」

磐音は駕籠を山門前で止めると千両箱を駕籠から抱え上げ、肩に担いだ。

った。

「気をつけて帰れ」

駕籠屋の提灯が闇に溶け込むまで見送っていた磐音は石段を上がり、山門を潜った。

回廊の上に松明《たいまつ》が点された本堂が浮かんで見えた。だが、人影はない。

磐音は左右から枯れた芒が垂れかかる石畳を進んだ。

すると背後に人の気配がして、出口を塞いだふうがあった。

磐音は後ろを振り返ることはしなかった。その代わり、

「岡倉美作守恒彰様はおられるか」

と本堂の奥に声をかけた。すると巨漢の旗本が姿を見せ、階段の上に屹立《きつりつ》した。

「お約束どおりに千両を持参しました。由蔵どの、品川どのと交換してくださされ」

磐音の声はあくまで長閑に広尾原の夜に響いた。

「足下に置け！」

岡倉が命じ、磐音が従った。

「連れてこい！」

岡倉の声に由蔵と柳次郎が胸に縄をかけられ、後ろ手に縛られた姿で引き出さ

れてきた。縄の引き手は風体の怪しげな浪人たちだ。

「坂崎さん、すまない。つい油断した」

と声を上げた柳次郎の顔は殴られたか、青痣《あざ》になり、左目が半ば潰れていた。

「多勢に無勢、抵抗のしようがあるまい」

由蔵は口をへの字に結んで、にこりともしなかった。

「岡倉様、二人をまずは解き放っていただこうか」

「千両を改めるのが先じゃ」

岡倉が合図すると二人の浪人が壊れかけた階段を下りてきた。

磐音は千両箱に片足をかけた。

「岡倉様、箱の中身を確かめるのはかまわぬ。それと一緒にお二人を、それがしのかたわらに連れてきてもらおうか」

恒彰が手を上げた。すると縄の引き手が脇差を抜くと由蔵と柳次郎の首筋にあてた。

「坂崎、そなたの腰の大小を鞘ごと抜いて足下に投げよ」

「お約束とはだいぶ違いますな」

「甲府赴任の道中をわざわざ抜けて参ったはおまえを始末するため。腹の虫が収まらぬでな」

「不逞《ふてい》の浪人を雇って商人《あきんど》の番頭どのを連れ去るなど、直参旗本三千七百石の大身がなさることではありませぬぞ」

「坂崎、酒気が抜けると気が短うなる。こやつら二人の首を刎《は》ね斬れと命じるに何の躊躇《ためらい》もせぬ」

恒彰の声が低いものに変わった。

「相分かった」

磐音は、

(どうしたものか……)

と思案しながら、ゆっくりと脇差に左手をかけた。

「右手にて鞘を摑むのじゃ」

磐音のそばに立った浪人が命じた。

「さようか」

磐音の右手が脇差を摑み、ゆっくりと抜いた。

千両箱から片足を外した。

「時を稼いだところで無益なことよ」

磐音は脇差を千両箱の上にゆっくり置いた。

「太田、そやつの腰から自慢の長剣を抜け」

苛立った恒彰が命じたとき、柳次郎が、

「坂崎さん、包平を捨てちゃあならねえ。三人とも殺されるぜ！」

と叫ぶと、首筋の脇差に構わず浪人に体当たりした。

柳次郎の首に脇差の刃があたって血が飛んだ。

「野郎！」

縄目を握っていた浪人がふいを衝かれてよろめいた。が、かろうじて体勢を立て直すと柳次郎を反対に蹴り飛ばした。

上体を縛られた柳次郎が階段下に転がり落ちた。

そのとき、本堂の暗がりから飛び出してきた者がいた。脇差を構えた影は、由蔵を引き戻そうとした浪人の背を峰に返した刀で叩いた。

「竹村さん！」

「ぎえっ！」

磐音は叫ぶと同時に包平二尺七寸を抜き放ち、左右に斬り分けていた。

「うおおっ！」

千両箱を確かめようとした浪人二人が倒れ込んだ。

背後から殺気が殺到してきた。

この夜の磐音は居眠り剣法を忘れていた。

振り向きざまに憤怒の剣を斬り分けた。
四、五人の剣の群れが磐音の素早い反撃にあって乱れた。
磐音は柳次郎のかたわらに取って返すと、包平の大帽子《きっさき》で縄目を切った。

「品川さん、傷は大丈夫か」

「大したことはない」

磐音の脇差を拾った柳次郎が階段を走り上がり、由蔵を守ろうとした。

回廊では武左衛門が恒彰と浪人者の二人に斬り立てられて、壁に押しつけられていた。

「岡倉美作、そなたの相手はそれがしじゃ」

背に声をかけると、

「おう!」

と巨漢が振り向いた。

「直参旗本にあるまじき所業、覚悟めされよ!」

「おのれ、言わせておけば……」

巨漢の岡倉が片手斬りに大刀を振り下ろしてきた。

磐音の包平が擦り合わせるように受けた。

「こやっ！」

柄に両手をかけた岡倉が巨体を利して、ぐいぐいと、磐音を潰そうとしゃにむに押し込んできた。

磐音は絡み合った二剣を支点にふわりと体を入れ替えた。

力任せに押し込んでいた岡倉美作守恒彰は磐音に躱されてたたらを踏むと、回廊から階段へ飛び出そうとした。

磐音が敏捷《びんしょう》にも恒彰の背後に吸いつくように迫り、大包平が虚空を舞うと岡倉の背を斬撃した。

「うあああっ！」

背中を裁ち割られた恒彰が悲鳴を上げながらも振り向いた。

その首筋を包平の大帽子が刎ね斬って、血飛沫を飛ばした。

「うっ！」

どさり、と鈍い音を立てて、巨漢が崩れ落ちた。

「そなたらの雇い主は始末した。どうせ金で雇われた餓狼《がろう》であろう、麻布広尾原の棲み家に戻れ！」

磐音の叱咤《しった》に戦いは逆転した。

押し込まれていた品川柳次郎と竹村武左衛門が勢いづき、浪人たちは、

「ちくしょう、雇い主が死んだとよ！」

「銭にもならねえ、引け引けっ！」

と叫び合うと、倒れた仲間を見捨てて寺領から姿を消した。

「いや、助かった」

「広尾原で骸《むくろ》になるかと思いましたよ」

ほっとして虚脱した柳次郎と由蔵が、磐音と竹村に礼を言った。

「礼はそれがしではない、竹村さんだ。いや、それがしも助けられた」

磐音も頭を下げた。

「いや、柳次郎が死ぬのはかまわんが、老分どのには多大な迷惑をかけておる。このまま死なれてはそれがしも立つ瀬がない。そこで留守を命じられたにもかかわらず、駕籠の明かりを目印に尾行してきたのだ。間に合ってよかった」

「そうでしたか、助かりました」

磐音が改めて礼を述べると由蔵も、

「竹村さん、無心の一件は忘れましょう。日当もきちんとお払いしますぞ」

と言ってくれた。

「有難い。これで旨い酒が飲める」

「酒なんぞは浴びるほど飲ませてあげますよ」

と言った由蔵に磐音が、

「岡倉様をどうしたもので」

と転がる死体を見回した。

「坂崎様がおっしゃられたとおりですよ。大事な公務を抜けて、強請たかりをしようという直参旗本は、甲府に行っても迷惑千万なだけです。岡倉家はこれで廃絶間違いなし。私どもが動かずともお寺社と町方がしかるべく始末をつけてくれます」

「ならば千両箱を抱えて、両国に帰りますか」

磐音の声が麻布広尾原にざわめく枯れ芒の葉音に優しく混じった。

第五章　蒼月富士見坂

一

ぽかぽかとした春の陽気が続いた。

坂崎磐音は豊後関前藩江戸屋敷の宍戸派の行動を気にしながらも、ゆったりとした気持ちで宮戸川の鰻割きに出かけ、朝湯を楽しむ暮らしに戻っていた。

磐音ら三人は、今津屋から日当として十一日分の二両三分に由蔵の助け賃を加えた四両ずつを貰った。

溜まっていた家賃やかけで買った米代などを支払っても二両二分は残った。

久しぶりに懐が豊かだった。

「坂崎さん、また一段と腕を上げたね。坂崎さんの鰻は火の通り具合がなんとも塩梅《あんばい》がよくてね。無駄なく一気に切り開かれている証だ」

　鉄五郎が磐音の割いたばかりの鰻を手に持って嘆息した。

「いやはや職人はだしと言いたいが、これだけの職人はいませんぜ」

　松吉が黙って自分の割いた鰻を差し出した。

「坂崎さんのと比べると一目瞭然、手で触っただけで区別がつかあ。松吉、ちったあ性根を入れて、坂崎さんを見習うもんだぜ」

「ちぇっ、とんだ藪蛇《やぶへび》だ」

　鉄五郎はその朝から日当を百文に上げてくれた。

　磐音は朝餉に満腹して六間堀に出た。すると鰻捕りの仕事を終えた幸吉と中橋の手前で出会った。

「仕事は終わったかな」

　ああ、と答えた幸吉が、

「今日は早仕舞いだ」

「結構結構」

「浪人さん、にこにこしているな」

「借金はない、天気はいい、懐は温かい」

そう答えながら磐音は、

「幸吉どの、どうだな、それがしと朝湯に付き合わぬか」

と誘った。

「朝湯か、贅沢だな」

「そのあと、どこぞで美味しい昼餉でも食そう」

「奢《おご》ってくれるのかい」

「幸吉どのには日頃から世話になっておるでな、一度礼をと思っていたところだ」

「竹籠を置いて手拭いを持ってくるぜ。猿子橋の袂で会おう」

唐傘長屋に向かって飛んでいった。

磐音も一度金兵衛長屋に戻った。

障子戸を開けるときに緊張したが、変わった様子はない。

関前藩江戸屋敷との諍《いさか》いがあるからだ。

手拭いを手にして長屋の木戸口に向かうと、相変わらずどてら姿の金兵衛が顔を空に向けて立っていた。

「うちの長屋にも鶯《うぐいす》が来てくれるんだねえ」

金兵衛がしみじみ言った。

確かに長屋の南側に植えられた梅の木から美しい声が降ってきた。

「金兵衛どの、いっそ鶯長屋と改名いたしますかな」

「おお、風流な名だ」

二人の話を聞いた水飴売りの五作の女房おたねが、

「どてらを着た大家さんが年中洟垂らして、がみがみ小言を言いながら見回っている長屋だ。鶯長屋だなんてちゃんちゃらおかしいや」

と笑い飛ばした。

「女と小人は養い難しというが、洒落《しゃれ》も分からねえ」

ぷんぷん怒る大家とおたねを残して猿子橋に行った。するとすでに手拭いを振り回しながら幸吉が待っていた。

六間湯は橋を渡ればすぐそこだ。

「今日は二人分だ」

磐音が大人八文子供六文の湯銭を払い、磐音だけが二階に上がった。

男湯の二階は湯茶を供してくれる社交場だ。

「いらっしゃい」

馴染みの小女が湯釜の前に座っていた。

磐音は大小を刀掛けに置いて、小女に声を残して脱衣場に下りた。

すでに幸吉は裸になって、洗い場に下りていた。

「浪人さん、早く来な。背中を流してやるからよ」

「おお、それは贅沢じゃな」

磐音も素っ裸になった。

「浪人さんはなかなかよい体格をしておられるな」

脱衣場の隅から声がかかった。どこぞの隠居が磐音を見て、

「五尺九寸、十八貫というところか。お侍じゃなきゃあ、すぐに相撲部屋に連れていくとこだがな」

お相撲好きの老人か。

「豆腐屋のご隠居、浪人さんを相撲に引き込もうなんて魂胆はなしだぜ」

幸吉が叫んだ。

「そうだな、よく見ると年も食ってひねておるな」

豆腐屋の隠居が自分を納得させるように呟いた。

「おきやがれ」

磐音に代わって幸吉がやり返した。

湯汲《く》み口から湯を運んできた幸吉が磐音の背中に湯をかけながら、

「商売が商売だ、体じゅう傷だらけだぜ」

と言った。そう言われて磐音が脇腹の傷に触れた。

親友の小林琴平から受けた傷だ。

「ここ一年のうちにいろいろとあったでな」

「体も身の内だぜ」

幸吉が糠袋《ぬかぶくろ》で丁寧に磐音の背をこすり上げ、新湯で流してくれた。

「生き返ったようだ。今度はそなたの体を洗ってやろう」

「じょ、冗談じゃねえぜ。深川っ子は他人に洗わすようなことはしねえんだ」

幸吉はどうやら生え始めた陰毛を見られるのが恥ずかしいようだ。さっさと石榴口《ざくろぐち》を潜って湯船に入っていった。

磐音も幸吉のかたわらに身を浸した。

薄暗い湯船には男が一人ひっそりと入っていた。

三十前後か、危険な匂いを放つ男が湯から上がると腕に入れ墨があるのが見えた。

入れ墨は盗みを働いた者に対して加えられる属刑で、正刑は叩き刑か追放刑だ。

石榴口の向こうに男が消えた。

「幸吉どの、なにを食べようかな」

「ほんとにいいのかい、金がかかるぜ」

幸吉が磬音の顔を見た。

「払いなど子供が心配するものではない」

ならばさ、と幸吉が言い出した。

「近頃よ、富岡八幡宮の門前町裏にてんぷらってものを食わせるところが店開きしたんだよ。そこの前を通るとよ、なんともいい匂いがするんだ。そいつが食いてえ」

「てんぷらとはまた奇妙な名だな」

磬音には見当もつかない食べ物だった。

「なんでも南蛮《なんばん》から長崎に伝わったものが上方で広がってよ、弁才船の水夫《かこ》たちが江戸にもたらしたんだと。深川沖で獲れた魚や野菜に粉をまぶして油で揚げるんだそうだぜ。そんな店が店開きしたんだよ」

てんぷらが江戸市中に広がっていくには安永も末の頃、あと数年の歳月を必要とする。ともかく目端の利いた料理人が始めた新規の食べ物屋らしい。

幸吉は八幡宮の参詣に訪れる人を相手にする魚料理屋に鰻を卸しに行って、その店、
南蛮名物　てんぷらや
を知ったという。

「酒も出してくれるのか」

「水夫や船頭が相手だぜ、酒を出さないでどうする」

「ならば案内《あない》してくれ」

「けえっ、生きてりゃいいこともあるぜ」

幸吉が嬉しそうに両手で顔を拭った。

脱衣場に上がったとき、入れ墨男が床の隅にしゃがんでいるのが見えた。

磐音は男がなにかを拾い集めては手拭いに仕舞っているのを見た。

が、それだけのことだった。

富岡八幡宮は寛永《かんえい》年間（一六二四～四四）に江戸の内海の洲を埋め立てて創建された。だから、海に近く門前まで堀が伸びて、立派な船着場があった。

「お参りに舟で行ける八幡様」

ということで年寄りにまで人気があった。

大勢訪れる参拝客のために、門前町には魚、鰻、牡蠣《かき》、蛤《はまぐり》など名物の魚料理茶屋が軒を連ねていた。

そんな料理茶屋の間を通り抜ける路地のどんづまり、堀端に小さな広場があった。

幸吉が磐音を連れていったのは、広場の一角に店の半分ほどを水上に張り出した店だった。

確かに幸吉が言うように、
南蛮名物　てんぷらや
と墨書された白地の布が潮風に翻っていた。

客の大半は黒羽織を着た下級武士やこの界隈の小店の主《あるじ》で、奉公人の姿は見かけなかった。

まず新奇の食べ物に飛びついたのは、体を使う水夫や船頭たちのようだ。

女客の姿も少ない。

幸吉が、

「こっちこっち」

と堀の水面を見下ろす店の奥の小上がりに連れていった。

「浪人さん、おれはさ、この隣の茶屋にも鰻を卸しに来るんだ。そんときよ、路地に胡麻《ごま》油の匂いが漂ってきてよ、腹がぐうぐう鳴りやがる。昔ながらの料理茶屋の親方なんかはこの匂いを嫌がるけどよ」

幸吉が油を揚げる匂いをくんくんと嗅いだ。

たしかに淡泊な料理茶屋の間では強い匂いを放っていた。

「なんともおいしそうじゃな」

前掛けをした女が注文を訊きにきた。

「てんぷらを二人前と酒を頼もう」

磐音は周りを見回した。

客たちは豪快に溜まり醬油《じょうゆ》や塩などをつけ、好みで食べていた。

「サイマキ海老《えび》、鯊《はぜ》、鱚《きす》、烏賊《いか》、あとは牛蒡《ごぼう》、蓮《はす》なんぞをてんこ盛りにしたものを出すかね」

サイマキ海老とは小ぶりの車海老のことだ。

「頼もう」

「おれには飯をくんな」

幸吉が口を挟んだ。

「あいよ」

女が台所に引っ込み、すぐに二合徳利を運んできた。

「昼間から酒を飲むなんて、浪人さんも罰《ばち》当たりだな」

「そう申すな。酒どころか空きっ腹を抱えていることが多いのだ。今日は格別、幸吉どのの饗応だからな」

「きょうおうってなんだい、飯を食わせることか」

「まあ、そんなものだ」

磐音は独酌でゆっくりと酒を楽しんだ。

風呂上がりの酒だ、五臓六腑《ごぞうろっぷ》に染み渡ってなんともうまい。

「うちのお父っつぁんも酒好きだけどよ、貧乏な上に子沢山だ。叩き大工の手間賃じゃ、せいぜい建て前の振る舞い酒で顔を赤くするくらいだ」

「いや、そなたの家は母御もそなたも、よう父御を助けて働いておる。感心いたす」

「浪人さんには、妹とか弟はいないのかい」

「妹が一人おる」

伊代《いよ》の顔をふいに思い浮かべた。

(嫡男のそれがしが屋敷を出て、どうしておるか)

「浪人さんのところもどうやら金には縁がなさそうだな」

幸吉は追憶の顔をそう察したようだ。

「お待ちどうさん」

女が皿にてんぷらをてんこ盛りにして運んできた。

「これだこれ、おれが食いたかったのはよ」

「幸吉どの、今日はそなたが正客だ。好きなだけ食してくれ」

幸吉はたっぷりと溜まり醤油をかけてサイマキ海老に食らいつき、

「うめえ!　おれ、死んでもいいや」

と叫んだ。

飯を丼で二杯、蜆の味噌汁にてんぷらをしこたま食べた幸吉が、帯を緩めて足を投げ出した。

「浪人さん、ありがとうよ」

「なあに大したことではない」

磐音は新たに注文したてんぷらを包んでもらうことにした。

「そなたの母御と弟妹たちに土産だ」

幸吉が思わず泣きそうになって視線を外した。その視線が一点に釘付《くぎづ》けになった。

「浪人さん、見てごらんよ」

幸吉の目の先では、六間湯で会った男が食いかけの鱚のてんぷらになにかを入れたところだ。磐音からは見えなかったが、幸吉は見逃さなかったようだ。

「あいつさ、六間湯の脱衣場で拾い集めてきた髪の毛を出してよ、油にまみれさせててんぷらに入れたんだよ」

「なにをしようというのだな」

「そりゃ決まってらあ」

幸吉が言ったとき、騒ぎが始まった。

「おい、この店じゃあ、客に汚ねえ髪の毛を入れた食い物を出すのか」

暗いまなざしの男が叫んだ。

こうやって見るとなかなか凄みのある男だ。おそらくお上に隠れて生きるやくざか無頼者の類いだろう。

台所から親父がすっ飛んできた。

てんぷらやの主は三十八、九、職人肌の料理人儀助《ぎすけ》だった。

「お客さん、髪の毛が入ってましたかい」

「おお、見な、これだ」

主が受けとると明かり取りの窓に翳した。

「お客さん、こりゃ、おれの毛じゃねえ。それにてんぷらと一緒に揚げたものじゃないぜ」

「おい、てめえは言い繕《つくろ》うつもりか」

ふいに店のあちこちから、

「どうしたどうした」

と立ち上がった四、五人の男たちがいた。男には仲間がいるようだ。

「言いがかりをつけて金を強請《ゆす》ろうという気だな」

儀助が腕をまくった。

「てめえは客に髪の毛を食わせておきながら、謝りもしねえで腕ずくでこようってえのか。おもしれえや、こんな小屋がけの店なんぞ叩き壊して堀に投げ込んでみせらあ」

入れ墨者は懐に匕首《あいくち》でも呑んでいるのか、襟の合わせ目に右手を突っ込んだ。

仲間も身構えた。

荒くれ者の水夫や船頭たちをも黙らせる迫力を持っていた。

島帰りか、伝馬町の牢を解き放ちになったような凄みが男たちの五体から漂った。

「おれは見たぜ！」

幸吉が小上がりに立ち上がった。

全員がこちらを向いた。

男が幸吉と磬音を尖《とが》った視線で睨みつけた。

「あの人がさ、六間湯の床で拾い集めてきた髪の毛をてんぷらに押し込んだのを見たのさ」

「小僧、でたらめを言うんじゃねえぞ」

男は低い声で言った。

「おれは目はいいんだ。さっき、ほれ、六間湯で一緒だったじゃないか」

幸吉が手拭いを見せた。

「この餓鬼も店とグルだぜ。構わねえ、叩き壊せ」

入れ墨者が仲間に命じた。

磐音が立ち上がった。

「おい、さんぴん、黙ってすっこんでな。痛い目を見るぜ」

「ここで暴れてはお客衆にも店にも迷惑……」

「おめえが泥亀《すっぽん》の米次《よねじ》の相手をしようというのか、おもしれえ」

米次を最後に男たちが堀端に飛び出した。

「浪人さん」

店の主が青い顔で呼びかけた。

「心配いたすな、この心張り棒を借りるぞ」

磐音は店の戸口に立てかけてあった三尺ほどの棒を手にした。

男たちの二人はすでに匕首を抜いていた。

「てんぷらの代金を支払って退散せぬか」

磐音の声は、盛りのついた牡猫でもおとなしくさせるほどのんびり響いた。

「てめえ、おれっちの顔を踏みつけにしたんだぜ」

男が言った。

「そなた、入れ墨者だったな。江戸所払いか、叩き刑か」

「うるせえ野郎だ！」

声を荒らげた米次が懐の匕首を抜いて突進の素振《そぶ》りを見せた。が、動いたのは左右の端にいた抜き身の二人だった。

一人は腰に匕首をつけて安定させ、もう一人は左袖を突き出してその背後に刃物を隠し、二人が交錯するように磬音に突進してきた。

迷えば死、一人に応じればもう一人の突きを受けて、どてっ腹を抉られる。

生死の修羅《しゅら》場《ば》を潜り抜けてきた者たちだけがやり遂げる必殺の突進だ。

(浪人さん……)

幸吉の目には、磬音がふわりと動いたように思えた。

右手から腰だめに突っ込んできた男の顔に心張り棒が弧を描いて伸び上がり、
がぎっ！

という顎の骨が砕ける音とともに一人が横倒しに倒れ込み、棒はさらに左手から襲いかかってきた仲間の二の腕を圧《へ》し折って転がした。

瞬速の迎撃だった。

「やりやがったな！」

仲間が匕首を抜いた。

「待て！」

と仲間に声をかけたのは米次だ。

「失敗《しくじり》だ、引き上げるぜ」

仲間が二人呻き苦しんでいるというのに、米次は落ち着き払っていた。

「おれは決して忘れねえ、借りはしっかり覚えておくぜ」

懐手を抜いた米次は一分金を磐音の足下に投げた。

「そいつはてんぷらやに払うんじゃねえ、おめえの腕の見物料だ」

米次はさっさと表通りに歩き去った。怪我をした二人を仲間が肩に抱えて必死であとを追った。

てんぷらやの店で喚声が上がって、幸吉が胸を張った。

二

坂崎磐音は鉄砲洲の料理茶屋深山亭の門前で呆然としていた。

深山亭では豊後関前藩の宍戸有朝の、江戸次席家老着任を祝う宴が夕刻から催されていた。

このことについて上野伊織から連絡はなかった。が、磐音は品川柳次郎に頼み、藩邸の前に張り付いてもらっていた。

その夕暮れ前、柳次郎が金兵衛長屋に走り込んできて深山亭での宴を告げ知らせてくれたのだ。

「坂崎さん、手伝おうか」

「品川さん、もう十分手伝ってもらった。それにこれは、藩の内紛が絡んでいるので、あまり外には知られたくないのです」

「分かった」

と答えた柳次郎に代わって磐音は鉄砲洲に駆けつけた。

宴が始まっておよそ半刻（一時間）が過ぎていた。

散会の折り、集まった面々の顔を確かめようと、磐音は深山亭の門前を見通す海っぺりの暗がりに座り込んでいた。

「なんと……」

磐音は宴の最中に早々と退席する頭巾《ずきん》の男を門前に見たとき、顔から血が引くのが分かった。

がっちりした体つき、猪首《いくび》に外股《そとまた》。

顔を隠そうが、竹刀を何年も交えてきた磐音には推測がついた。

御手廻組《おてまわり》の一人、入来為八郎《いりきためはちろう》だ。

入来は藩主の護衛役の御手廻組に属し、藩政改革に共鳴して修学会にも熱心に参加していた。

剣は神保小路の直心影流佐々木玲圓門下、つまり磐音とは兄弟弟子だ。入門の早い入来が兄弟子にあたる。

磐音が佐々木道場の住み込み時代、毎日のように竹刀を交えた仲だ。剣はひらめきに欠けたが粘り強い剣で、小林琴平などは、

「為八郎どのの剣は田舎《いなか》剣法丸出しだぜ。自分が死んだのも気づかず押しまくってくる。ちったあ、勝負の綾とか呼吸を覚えてほしいものだ」

と、自分のしつこい剣技を棚に上げてこきおろしていた。

それに入来には下から伸び上がってくる必殺の突きがあった。

磐音は、殿のお側《そば》近くにいる入来が新しい藩政を志してくれるのを頼もしく感じていたのだ。

新たな驚きが磐音の体を走った。

駕籠から門前に下り立ったのは、なんと御直目付中居半蔵だ。

（中居半蔵様まで宍戸派に落ちたのか……）

中居が料亭に姿を没しても、藩にお出入りを許された商人《あきんど》たちが続々と集まってきた。その中には見知った顔もあった。

料亭の二階から流れてくるざわめきはかなりの人数であることを示していた。

四つ（午後十時）前、宴が散会した。

藩士たちは三々五々、料理茶屋を出ると駿河台の藩邸に戻っていった。

その顔触れは江戸の藩邸の重役や中級幹部を網羅しているほどだ。おそらく今夜の宴の出席が、

（江戸宍戸派の踏み絵……）

として考えられたからであろう。

藩士の出席者はなんと二十三名を数えた。

それも藩主福坂実高がお国入りしている今、江戸藩邸の中枢を網羅しているといってもいい。むろん着任祝いという儀礼から出席した者もいよう。だが、この顔触れを見れば、いくら儀礼で出たとはいえ、集まりの趣旨は察せられよう。

最後に宍戸有朝の乗り物が深山亭を出た。

磐音はふと胸騒ぎを覚えた。

宍戸派の三田村平と、その腰巾着といわれた黒河内乾山の二人の姿を見なかったからだ。

(見逃したか、それともまだ料亭に残っておるのか)

磐音は有朝の乗り物が出て、半刻（一時間）後、深山亭の明かりがすべて消されたのを見届けた。

不安は増した。

磐音は夜の道を駿河台富士見坂に走った。

上野伊織は宍戸有朝の歓迎の宴の夜に御文庫に忍び込んで、不正に借りられた一万六千五百両の証を見つけると磐音に言ったのだ。

鉄砲洲から駿河台まで息を弾ませながらも駆け抜いた。

だが、辿りついた豊後関前藩六万石の上屋敷は、表門を固く閉ざして森閑《しんかん》と眠りについているばかりだ。

今の磐音にはどうすることもできなかった。

(伊織、連絡をくれよ)

無言の誘いかけを残して駿河台をあとにした。

磐音は翌朝、金兵衛長屋を出て、六間堀に差しかかった。

猿子橋から中橋に向かった。

春たけなわで夜明けが早くなっていた。

堀から朝靄が薄く流れて中橋の下に舟が一艘浮かび、なにかを引き上げていた。

橋の上にも何人か立っていた。

磐音が近付くと幸吉が、

「浪人さん、おっ母さんがてんぷらの土産をありがとうと言ってたぜ」

「なんのなんの」

「初物を食ったから七十五日、長生きするんだと。てんぷらも初物かねえ」

さあな、と首を傾げた磐音は、

「なにがあったのだ」

「ああ、あれかい。辻斬《つじぎ》りだな」

「辻斬りじゃと」

「侍が斬られて堀に投げ込まれたんだよ」

磐音は足早に橋に歩み寄った。

小舟には御用聞きの手下《てか》が乗って、俯せになった死体を岸に寄せた。

岸では初老の御用聞きと別の手下が筵を敷いて待っていた。

「仰向けにして、手足を持って上げな」

御用聞きが指図して羽織も着ていない死体が表に返された。

ざんばらになった頭髪が顔にへばりついていた。

「辻斬りじゃあねえな」

御用聞きが呟き、死体が岸に引き上げられた。

(上野伊織……)

磐音の五体に戦慄《せんりつ》が走った。血の気がすうっと引いていった。いつも見慣れた光景が暗く沈んでいく。音がだんだんと消えていく。

「浪人さん、どうしたんだい」

幸吉が磐音の異常に気がついて声をかけた。

磐音はかすかに響く幸吉の声を聞きながらも答えられない。

幸吉が、立ち竦む磐音の手を持って揺すった。

御用聞きの声が戻ってきた。

「懐を探ってみねえ、なんぞ身許《みもと》の分かるものはないか」

六間堀の朝の光景が見えてきた。

「それがしの知り合いにござる」

磐音の言葉を御用聞きが聞きとがめて、顔を向けた。そして、磐音の異様さに気がついた。

「確かおまえ様は金兵衛長屋の浪人さんだな」

土地の御用聞きは磐音がどこに住んでいるかを承知していた。

「おまえさん、今、この人の知り合いと言いなさったな」

「豊後関前藩江戸屋敷勘定方、上野伊織にござる」

「よく確かめてくれませんかね。あとで人違いだったと言われても困りやす」

磐音はかたわらに膝をつくと顔に乱れかかった頭髪をそっと掻き上げた。

顔にも体にも拷問《ごうもん》を受けた痕《あと》を残し、苦悶《くもん》の形相をした伊織の顔が磐音になにかを訴えていた。

胸前が血に染まり、小さな穴が開いていた。

刺し傷だ。

それも迷いなくひと突きだった。

路上で拷問をするわけもない。

藩邸か、どこかに連れ込まれて拷問を受け、殺された末、死体をわざわざ深川六間堀まで運んで捨てたことになる。

その意図は明白だった。

磐音に手を引かせるべく脅しをかけていた。

そして、必殺の突きに残された殺し手の影も磐音は見ていた。

「どうですね」

厳しい顔の磐音に訊いた。

「間違いござらぬ」

「わっしは、南町の定廻り同心木下一郎太《きのしたいちろうた》様に鑑札《かんさつ》をいただいている、深川元町の佐吉《さきち》と申しやす。お話を聞かせてもらってもようございますか」

頷いた磐音は幸吉に、

「事情《わけ》を話して鉄五郎親方に少し遅くなると伝えてくれ」

と頼んだ。

幸吉は磐音を心配そうに見ると宮戸川へ走っていった。

「番屋に行きましょうかい」

佐吉は森下町の番屋に磐音を誘った。

中橋からはすぐのところだ。

番太《ばんた》のじいさんに茶を出させた佐吉は、

「このじい様は耳が遠くてね、話を聞かれる心配はございません」

と言った。

「親分さんは南町奉行所と関わりがあると申されたか」

「へえ、どなたか知り合いがいらっしゃるのでございますか」

「年番方与力の笹塚孫一様とは知り合いでな」

「笹塚様をご存じで。そうでしたかい」

と佐吉が頷いた。

「親分、それがしは豊後関前藩の家臣であった。詳しいことは申せぬが国表で騒ぎがあってな、藩に暇乞いをした。昨年の夏のことだ」

磐音は藩政を巡って守旧派と改革派の対決があり、その諍いの中で上野伊織が犠牲になった可能性があると示唆《しさ》した。

磐音の脳裏には上野伊織を手にかけた人物が浮かんでいた。だが、町方に言うべきことではない。

（これは坂崎磐音への挑戦なのだ、決着は自分の手でつける）

佐吉も、

「となると町方の出る幕はないかな」

と独り言のように呟いたとき、上野伊織の亡骸《なきがら》が運ばれてきた。

「親分さん、それがしが金兵衛長屋に住まいしておることはすでに藩邸には知られておることだ。とはいえ、これ以上、広めたくもござらぬ。そこのところをよしなに頼む」

「へえ」

と応じた佐吉は、

「わっしが南町の木下の旦那と相談しまして、お屋敷には奉行所のほうから知らせることにいたしましょうかい」

と答えた。


宮戸川で仕事を終えたとき、鉄五郎が裏庭に入ってきた。

「坂崎さん、南町の旦那がおめえさんを訪ねてきなすった」

「造作をかけます」

「二階座敷を使いなせえ、だれにも邪魔はさせねえ」

鉄五郎のあとに従っていくと佐吉親分と二人の役人が立っていた。

一人は年番方与力の笹塚孫一だ。

もう一人の小太りの若い同心が定廻りの木下一郎太だろう。

「また会《お》うたな」

大頭の切れ者与力が言った。

「殺しの現場にお出張りなさることもあるのですか」

「そなたがわしの名を出したのではないか」

「そうでしたな」

磐音の声音は平静に戻っていた。

「一郎太、この御仁を甘く見ちゃいけねえぜ。大した腕前だ」

孫一は与力とも思えない伝法な口調でかたわらの若い同心に話しかけ、鉄五郎に、

「主、二階を暫時《ざんじ》お借りする」

と言い捨てるとさっさと階段を上がっていった。

二階座敷に上がったのは笹塚と木下、それに磐音の三人だけだ。

鉄五郎が自ら盆に茶を運んできて、

「ごゆっくり」

と言い置き、階下に下りていった。

「坂崎さん、豊後関前藩の内紛に町方が首を突っ込む気はない。胸に仕舞っておきたいというならそうもしよう。だがな、人間一人が殺されたんだ、仔細をまず話してくれぬか」

「そのつもりでした……」

磐音は前置きすると、友二人と帰郷した昨夏の騒動から上野との再会、さらには昨夜見た鉄砲洲の宴までを話した。

長い話が終わったとき、笹塚が立て続けに大きなくしゃみをした。

「坂崎さん、わしは、嫌な話を聞くと、くしゃみが出るのだ」

と言い訳すると手拭いで鼻をかんだ。

「上野伊織どのは藩の守旧派の何者かに粛清されたと考えていいのかな」

「話しましたとおり、藩には一万六千五百両の不正な借入れ金がございます。伊織は昨夜、御文庫に入ってその証を見つけると言うておりました」

「藩名で不正に金を借りた一派がそれを嗅ぎ付け、始末したことは大いにありうるな」

「だが、今のところそれは推測」

「いかにも」

笹塚孫一はしばらく思案していたが、

「坂崎さん、どこにも始末に負えない手合いはいるものだな。江戸でかようなことをしでかして無事に済むと思うとはのう」

と嘆いた。

「守旧派の者で鉄砲洲の宴に出なかった者、あるいは遅れて出た者か。とにかく上野どのを殺した者に心当たりはないか」

磐音は首を横に振った。

孫一はしばし磐音を凝視していたが、まあ、いいだろうと呟いた。

「それがしは、藩主福坂実高様が国表に滞在しておられるときに、豊後関前藩が江戸でこれ以上騒ぎを繰り返さないでほしいと願うだけ……」

「そなたがじっと静観しているとも思えぬがな」

そう言った笹塚孫一は、

「一郎太、わしらはあまり首を突っ込まぬほうがよい。こいつは早めに大目付《おおめつけ》に引き渡すことだ」

と命じた。

磐音が長屋に戻ったとき、すでに昼はかなり過ぎていた。

磐音は三柱の位牌の前に座った。

「慎之輔、琴平、舞どの、そなたらが死んだ背景には黒々とした陰謀が横たわっているようだ。また新たな犠牲者が出た……」

どうしたものかと三柱の位牌に話しかけた。

「浪人さん」

幸吉の密やかな声がした。

手に茶碗を持っていた。

「おっ母さんが浪人さんに持っていけって」

見れば炒《い》り豆が入っていた。

「騒ぎでさ、朝飯も食っちゃいないだろ。うちにはこんなもんしかねえんだ」

「有難く頂戴しよう。幸吉どのも一緒に食べぬか」

「そいつを食うと空っ屁《ぺ》ばかり出てよ、おれはごめんだぜ」

磐音は丼に炒り豆を移し、

「母御によろしゅうな」

「ああ」

と答えて長屋の敷居を跨ぎかけた幸吉が、

「気を落とすんじゃねえぜ」

と言うと体を翻して姿を消した。

磐音は喋りかける相手もなく豆をぽりぽりと食べた。


日光街道駒込追分の先にある海蔵寺が、豊後関前藩の菩提寺《ぼだいじ》であった。

上野伊織の惨殺死体をわざわざ大川を越えて六間堀まで運んで放置した日から三日後の夕暮れ前、坂崎磐音は独り海蔵寺の墓地を訪ねた。

海蔵寺の広い墓地の一角に、江戸で亡くなった藩主一族や側室の墓が建ち、その周囲を固めるように家臣たちの墓や卒塔婆《そとば》が並んでいた。

磐音は真新しい卒塔婆を見つけた。

勘定方上野伊織のものだ。

磐音は瞼《まぶた》を閉ざした。

伊織と愛宕権現で甘酒を飲み合ったときの顔が浮かんだ。

(無念であったろう、伊織。そなたの仇《あだ》はこの坂崎磐音が討つ)

磬音が伊織の霊に約束したことはその一事だ。

卒塔婆の前から山門に戻ろうと振り向いたとき、閼伽桶を下げた女が一人立っていた。

哀《かな》しみに暮れた顔に磬音は覚えがあった。

女も磬音を見ると、

「あなた様は坂崎磬音様にございますね」

と訊いてきた。

「いかにも坂崎だが、そなたは豊後関前藩と関わりのあるお方かな」

女が頷いた。

「藩の中間頭《ちゅうげんがしら》を務めます斎藤六助《さいとうろくすけ》の娘、野衣《のい》にございます」

「斎藤野衣どのか。僭越《せんえつ》ながらお尋ねいたす、伊織のお参りに来られたか」

夕暮れの中、白い顔が頷いた。

磬音は伊織の私生活についてほとんど知らなかったことに気付かされた。

中老職六百三十石の嫡男と勘定方六十七石の下士という身分の差が、修学会の他、付き合いを許さなかったからだ。

「坂崎様は伊織様と最近お会いになっておられたのですか」

今度は磐音が頷き返した。

「伊織様が密かにお会いになっていた方が坂崎磐音様でしたか」

野衣が納得したように呟く。

「野衣どの、そなたと話がしたい」

野衣が辺りを見回した。

「坂崎様、ここは危のうございます。後日、どこぞで……」

両国西広小路の両替商今津屋でと磐音の口から出かかったが、伊織が殺されたことを考えれば、磐音と今津屋の関係も、伊織が今津屋を訪ねたことも、藩の守旧派に知られていると思えた。

「野衣どのがよく行かれるところはないか」

「神田明神の境内にある茶店ではいかがにございますか」

駿河台の藩邸から神田川を挟んで対岸にある神田明神ならそう遠くもないし、野衣がお参りに行ってもおかしくはないだろう。

「明日の昼過ぎではいかがでしょうか」

「承知いたした」

磐音は豊後関前藩の菩提寺を離れた。

三

神田明神は江戸では古い神社の一つだ。

創建は聖武《しょうむ》帝の天平《てんぴょう》二年（七三〇）と言われる。

主神は大己貴命《おおなむちのみこと》。

神田明神の秋祭は、山王祭、根津権現の祭礼と合わせて江戸の三大祭といわれ、江戸っ子は将軍家もご覧になる天下祭を楽しみにした。

坂崎磐音が梅の香りに満ちた神田明神の境内に入っていったのは昼前のことだ。

まだ斎藤野衣の姿はないようだ。

拝殿で参拝を済ませた磐音は梅林に一軒の茶店を見つけ、入った。そこからは梅林越しに、山門から本殿へ向かう参道を見ることができる。

「茶をくれぬか」

小女に頼んだ磐音は縁台の一つに座った。

磐音が参道を眺めていると茶が運ばれてきた。

「すまぬな」

磐音は無意識のうちに礼を述べていたが、茶を運んできた女は立ったままだ。茶代が先かと懐に手を入れかけて、女の顔を見た。

なんと、地味な縞模様の着物を着た斎藤野衣だ。

「ここは知り合いがやっている店にございまして、祭時には手伝いに参ります」

「そうであったか」

「こちらへ」

野衣は磐音を茶店の奥の小さな座敷に連れていった。

「ここなら人に見られることはございません」

中年の女が茶を運んできて、ごゆっくりと言い残して姿を消した。その女主が野衣の知り合いであろう。

「坂崎様が国許にお帰りになったあと、大変な騒ぎが……」

「江戸屋敷にも伝わったそうな」

「噂も流れておりましたし、伊織様も興奮なされて坂崎様方の身を案じておられました」

「われら三人が闘争を強いられたのは、うつけ者が無責任にまき散らした風聞が因《もと》かとつい最近まで思うておった。が、上野伊織がそれがしの長屋を訪ねてきて、古い考えに固執する藩の重役方が仕組んだことではないかと示唆してくれたのだ。事態が急転したのはそのころからだ……」

　二度にわたり、磐音の長屋に侵入した藩士がいたことなどを野衣に告げて、確かめた。

「野衣どの、そなたは伊織と将来を誓い合った仲か」

　野衣が小さく頷いた。

　その顔が哀しみに沈んだ。

「もはやそれも終わりました」

　ここにも一連の騒動の犠牲者がいた。

「そなたは宍戸有朝様の江戸次席家老着任の祝いが鉄砲洲で行われたことは、承知しておろうな」

「はい」

「その夜、伊織は御文庫に忍び入り、あることを調べるつもりであった。おそらく伊織はその現場を押さえられ、拷問を受けた後、殺されたのであろう」

　野衣の顔が歪んだ。泣きそうになったがかろうじて踏みとどまった。

「伊織様があの夜、御文庫に入ることは存じませんでした」

磐音は野衣を見た。

「あの夕刻、伊織様は私のお長屋を訪ねてこられて、これを置いていかれました」

部屋の隅に置かれていた薄い風呂敷包みを取ると磐音に差し出した。

「日誌にございます」

「伊織はそなたにこれを預けたとき、なにか申したか」

「もしわが身になにかが起こったとき、処分せよと申されました」

「処分せよと命じられた日誌をそれがしに渡してよいのか」

「海蔵寺で坂崎様にお会いしたあと、初めて包みを開けて日誌と知りました。坂崎様、読みましてございます」

磐音が頷く。

「坂崎様と再会した日のことを伊織様はなんとも嬉しそうに記述しておりました。私は近頃の伊織様がどこかよそよそしく隠し事をなさっておられると思うておりました。ですが、それは心得違いでした。伊織様も坂崎様も、藩騒動の黒い渦《うず》の中に巻き込まれておられたのですね」

「伊織がそなたに何事も話さなかったのは巻き込みたくなかったからだ」

「はい」

野衣の双眸《め》は涙で潤み、

「この日誌は処分してはいけない、坂崎様にお渡しすべきものと思います」

と言うと日誌を渡した。

分厚い日誌の表紙には、

「明和九年正月起稿
勘定方上野伊織備忘録」

とあった。

「坂崎様、伊織様の仇を討ってもらえませぬか。このことができるのは坂崎様だけにございます」

野衣がきっぱりとした口調で迫った。

「それがしとて伊織の敵を放置しておく気はない。野衣どの、しばし時を貸してくれぬか」

野衣が頷いた。

「見事本懐を遂げた暁には、上野伊織の霊前にお誘いいたそう」

「お願い申します」

と平伏した野衣の背は震えていた。


その夜、磐音は長屋の行灯に油を注ぎ足すと燈芯《とうしん》を掻き立てた。

ぼうっと明るくなり、三柱の位牌が浮かんだ。

正座した磐音は上野伊織の日誌を開いた。

修学会の折りに見た几帳面《きちょうめん》な字がびっしりと並んでいた。

磐音たち三人が江戸を出立した明和九年四月四日を開いた。


〈卯月《うづき》四日夜明け前、坂崎磐音様、河出慎之輔様、小林琴平様三方を品川宿にて見送る。

坂崎様はゆくゆくは豊後関前藩の中枢に座られる人物なり。藩政改革の指導的な役割を果たされることを熱望す。

新風は国表から吹き、江戸に伝播するであろう。

琴平様、品川宿妓楼にて一夜を過ごさんと主張なされど、坂崎様、河出様に拒絶され、渋々六郷川へと向かわれし。この三方幼馴染みにして格別に親しき間柄、兄弟同然と言いたきも、血を分けた肉親以上の交わりにて羨ましきことこの上なし。河出様の奥方は小林様の妹舞様にて、帰国の後には坂崎様も小林様の妹奈緒様と祝言との事、さらに密なる関わりとならん。

ともあれ、お三方が改革の力になって澱《よど》みに澱みし藩政に風穴を開け、多額の借財を減らし、減給続きの俸給が元に戻されんことを切に祈る。が、そのためには家臣一同死をも念頭に置いた覚悟あるべし……〉

なんという潔き決心か。

磐音は、あのときすでにこれだけの覚悟をつけていた勘定方が江戸藩邸にいたことに考えが及ばなかった己を恥じた。

磐音は日誌をめくった。

〈皐月《さつき》十一日、国表より悲報到着す。

江戸屋敷騒然たり。

伝聞によれば、江戸勤番を終えて帰国なされし御先手組組頭河出慎之輔様錯乱の上、奥方舞様をお手討ち致されしとの事。それに憤慨なされし小林琴平様が河出様、河出様叔父小普請組《こぶしんぐみ》蔵持十三《くらもちじゅうぞう》どのの二人を殺害におよび、さらには御番組頭山尻様次男頼禎様斬殺に及ばれしとか。

後刻、小林琴平様に上意討ちの藩命が下り、討ち手に坂崎磐音様が自ら志願されし由。激闘数刻の後、坂崎様上意討ちを見事果たされたり。

今や河出様小林様なく、坂崎様は重傷を負われしとの事。

嗚呼《ああ》、なんたる悲劇。

あれほど親密な交わりをなされしお三方が互いに斬り合い、殺し合いをなせりとは。

真実はいかなる事にや、甚だ混乱してやまず。間違いであれと神仏に祈る他手だてなし。

お三方の悲惨なる運命と同時に藩政改革は大きく後退したり……〉

さらに二日後の日誌には、

〈……御直目付中居半蔵様より修学会解散の命下りたり。なんたる不運。

二つの騒動はただの偶然か。それともなんらかの関わりありやなしや。慎重に見極めるべし。江戸藩邸の修学会同志これまでのごとく会う事も適わざりけり〉

伊織は実に冷静に、自分の周辺に起こりつつある騒ぎを分析していた。

〈皐月十三日、関前より早飛脚到着。まず河出、小林両家に廃絶の沙汰ありとの事。

なんたる早手回し、坂崎磐音様の怪我定かならず、不安至極。

第二報によれば、城下にて河出舞様と山尻頼禎の密通の噂ありと蔵持十三が河出様に讒言致せし事が騒ぎの発端なり。

だが、我、納得出来ず。

河出様は気性温厚にして冷静なる大人なりしが、なぜ舞様を惨殺なされたか……。


江戸屋敷に、国表の騒動を藩士同士が語らう事を厳禁する旨の通告あり。なんたる専横なりや。わが豊後関前藩の内政後退せり……〉

坂崎磐音の記述が次にあらわれるのは六月中旬だ。

〈水無月《みなづき》十二日、藩邸の奥にて漏れ聞きしところによると、刀傷に臥せっておられし坂崎磐音様が暇乞いを残されて関前藩を出られた由。

坂崎様の事ゆえ、深慮あっての行動ならん。愚考するに、坂崎様の行く先はこの江戸ならん。それがし再会を切望し、事の真相を確かめたし。ただ藩邸上層部において、坂崎様の暇乞いはなんぞ事由あっての事と警戒する重役方ありと聞き及びたり。

また本日、御手廻組入来為八郎様、勘定方御用部屋に来たりて坂崎様の国表退出を聞きしかと問われり。頷くと、修学会の再開のための出奔《しゆつぽん》と欣喜雀躍《きんきじやくやく》せり。

それがし、全く考え及ばず虚を衝かれたり。

入来様、もし我に坂崎様より便りあればそなたに知らせると言い、もしそなたに知らせあれば我に知らせよと言いおきて去れり。

もし入来様の推量どおりなれば、藩政に燭光再び点れり〉

入来為八郎は過日の宍戸有朝の歓迎の宴に出席した人物だ。

（もしや……）

入来は最初から宍戸派の命で修学会に送り込まれた人物ではあるまいか。

そう考えれば、騒ぎのあとに修学会が中止されたのも頷けた。

伊織の日誌にはしばしば入来の名が登場するようになる。

〈文月《ふづき》三十日、残暑例年になく厳し。江戸の諸物価高騰し、四民の暮らし尋常ならず。

我、このひと月、懐疑が生じたり。

坂崎様らの国表での闘争、偶発的なものにあらず、仕組まれた罠《わな》ではないか。

そのわけをわが心覚えの為に記さん。
一　帰国早々河出慎之輔様を蔵持十三どのは何故待ち受けたるか。国表の事情の分からぬ河出様に動揺を与えるには、江戸より帰国した直後の河出様に話すべしと企てた人物なしや。

一　小林琴平様の刃傷は恐らく、事を企てし人物の考えを超えたる直情的な行動にあらん。だが、結果は当の人物にとり万々歳。なんと改革派の二人が死に一人が重傷を負えばなり……。

一　蔵持どのはたれに唆されたか。藩政を改革せんとする若手藩士たちの行動に不安を覚えし藩重役方ではあるまいか。

国許では国家老宍戸文六様が、江戸屋敷では公儀人の原伊《はらい》右衛《え》門《もん》様方が改革を好ましからずと考えておられる由。もしや改革派の中心たる坂崎様ら三方を自滅の道に追い込めるのであれば、宍戸様方の利権はこのまま存続せり。わが懐疑とはこのことなり。

ただし、確たる証は今のところなし……〉

すでに上野伊織は、磐音が江戸に出てきた八月には疑いを抱いていたことになる。

磐音は伊織の日誌をだいぶ飛ばした。

そこには磐音と再会したあとの伊織の喜びが記されていた。

例えば、

〈……本日、坂崎磐音様と愛宕権現社にて面談。おそるべき事実を聞かされたり。関前藩にはなんと一万六千五百両もの不正な借財あり。その内訳は、

天王寺屋五兵衛　八千両
近江屋彦四郎　三千五百両
藤屋丹右衛門　五千両

借り手は江戸家老の篠原三左様。篠原様は一昨年、美濃太田宿の材木問屋濃尾屋を通じて天領飛騨の材木の払い下げを請い、江戸に運びて貯木なされし由。材木の値上がりを待っての相場なり。だが、昨年二月の目黒の大火がこの投機を文字通り灰燼《かいじん》に帰せしめたり。貯蔵された材木にも火が入りて、関前藩は新たに一万六千五百両に加えるに高利の利息、保管料など多額の借財を負いしとか。両替商今津屋の調べなれば、まず確かなことなり。

この事、勘定方のそれがしも知らず。病に臥せっておられし篠原三左様は関わりなき事と推測致し候。さて、勘定方なるそれがしが藩より微禄ながらもお扶持を頂戴するは、藩の危難に際して命を投げ出す事と心得たり。

我、御文庫に入りて、なんとしても不正の借財を為せし人物と証を探さんと欲

す〉

死の前日にはこうあった。

〈……本日午刻、入来様、勘定方御用部屋来室。坂崎磐音様と再会致したかとしつこく問われたり。入来様は修学会の仲間なれど坂崎様の事告げず。大事なり、守秘は殊更《ことさら》注意すべき事なり。まして明夕刻、御用部屋に入ることを企てたればなり〉

これほど用心深く行動したにもかかわらず、上野伊織と坂崎磐音の事が宍戸派の知るところであったとは。

磐音は日誌を閉じた。そして、三柱の位牌のかたわらに置いた。

行灯の明かりを消して眠りに就くか。

そう考えたとき、長屋の溝板を遠慮深げに踏む音を聞いた。

磐音は包平を引き寄せ、片膝をついた。

「夜分すまねえ。こちらは宮戸川で仕事をしていなさる浪人さんの長屋ですかい」

気の弱そうな声がした。

「どなたかな」

「幸吉の父親《てておや》でさあ」

包平を置いた磐音は狭い三和土に下りて心張り棒を外し、戸を開いた。

「すまねえ」

無精髭の顔が覗き、また謝った。叩き大工の磯次《いそじ》だ。

「こちらに幸吉がお邪魔しておりやせんかい」

「いや、来ておらぬが……」

磐音に不安が走った。

「戻っておらぬのですか」

「へい、夕方にこちらから使いがあったとかで出かけたきりなんで」

「それがし、幸吉どののもとに使いなどやってはおらぬが」

「やっぱり……」

磯次はそう言うと、

「かかあがね、あの浪人さんが夜通し幸吉を引き止めるわけがないと言うんだが、念のために訊きに来たんでさ」

「使いとはどこのだれじゃ」

「若い男が、金兵衛長屋の浪人が呼んでいると言い残していったらしいや。薄暗がりで人相風体は分からなかったそうだが」

「幸吉どのは使いの者を見たのか」

「いや、幸吉が油屋まで行った留守の間のことでね、帰った足でこちらの長屋に駆けつけたってわけでさ」

「騙《かた》られて誘い出されたな」

「かどわかしかい。うちにゃ銭なんぞねえがな」

「狙いはそれがしかな」

　磐音はてんぷらを食いに行った先で争いになったことを告げた。

「その話は聞いたが、まさかなあ」

　磯次が首を捻った。

「親父どの、あやつらだとしたら、それがしかそなたの長屋に知らせが入ろう」

　土間から敷居を跨ぎかけた磯次が振り向き、

「浪人さん、幸吉は大丈夫だよな」

　と訊いた。

「親父どの、この坂崎の一命に代えても幸吉どのは取り戻す。しばらくお待ちくだされ」

磯次は頷くと出ていった。

磐音は手早く外出の仕度をした。脇差を差し、大包平《かねひら》を手にした。

夜道を駆けていった先は、富岡八幡宮門前の権造《ごんぞう》一家だ。

権造はやくざと金貸しを兼業する親分だ。

幸吉とは鰻捕り仲間の参次《さんじ》の姉が、借金のかたに岡場所に売り飛ばされようとしたとき、磐音が中に入って、強引に手を打たせていた。

そのとき、権造と関わりを持った。

ともあれ、権造が深川本所界隈の後ろ暗い世界に詳しいと磐音は睨んだ。

表の障子戸は閉じられていたが明かりが点っている。朝は弱いが夜に強い、とやくざの世界の相場は決まっていた。

磐音が障子戸を叩くと、

「だれでえ、こんな夜中によ」

と不寝番の子分の声が問うた。

「権造親分か代貸《だいがし》の五郎造《ごろぞう》に会いたい」

「夜中に駄目だ駄目だ駄目だっ!」

「開けねば戸を踏み破るぞ」

磐音が二度三度と蹴り飛ばした。

「ちくしょう、どこのどいつだ！」

慌てて戸が開いた。

磐音が土間に入り込むと、騒ぎを聞き付けた子分たちがおっとり刀で奥から飛び出してきた。その中に代貸の五郎造も混じっていた。

「おめえか」

「五郎造、ちと知恵を貸してもらいたい」

「やい、さんぴん！　藪から棒に夜中に来やがって知恵を貸せもねえもんだ」

派手などてらを着た権造ものそのそと出てきた。酒でも呑んでいたか顔が真っ赤だった。

「親分、起きておられたか」

「おめえさんか。用事はなんでえ」

「泥亀の米次一味のねぐらを知らぬか」

「ほう、泥亀の米次な」

権造は関心を示して二階への階段に腰を下ろした。

「なにがあったか話してみねえ」

磐音はてんぷらやの一件から幸吉が磐音の名を騙って呼び出され、かどわかしに遭ったことまでを話した。

「鰻捕りの幸吉をかどわかして金を強請ろうなんて間抜けはおるまい。となれば、泥亀の米次がそれがしへの嫌がらせに連れていったと考えるのが順当だ。蛇《じゃ》の道はへび、そこで親分さんの知恵を借りに参上した」

「ちえっ、急にさん付けしやがったぜ」

「頼みごとをするのにあまり高飛車でもな」

「夜中にこれだけの騒ぎを起こしといて、なんて言い草でえ」

と言った権造は、

「おい、浪人、この世の頼みごとはすべて金ずくだ。金はあるんだろうな」

「ない。見てのとおりの貧乏浪人だ」

「話にならねえ」

権造が立ち上がろうとした。

「親分、あやつらを野放しにしておくと権造一家の看板にも差し障りがあろう」

「始末くらいうちでもできらあ」

「ならばどうして始末せぬ」

「それは……」

「親分、ものは相談だ。それがしの腕を一度だけ親分に貸そうではないか」

磐音は手にしていた備前国包平の柄頭《つかがしら》を手で叩いた。

磐音の顔を見ながら権造が思案した。

「いいだろう。おれもな、泥亀の米次がのさばり出したのを快く思っちゃいねえのさ。おめえの住まいはどこだ」

「六間堀町の金兵衛長屋」

「夕刻まで時を貸せ、あいつらの隠れ家をいぶり出して知らせるぜ。その代わり、約定を忘れるな」

磐音は頷くと権造一家を出た。

四

磐音は落ち着かない一日を送った。

泥亀の米次から連絡が入ったのは宮戸川に鰻割きに行っている間だ。

長屋に紙礫が放り込まれていた。それには、

〈永代寺三十三間堂に夜九つ　泥亀〉

とだけあった。

このことを磯次一家に知らせ、

「心配いたすな、命に代えても助けだすからな」

と言い足した。

磯次は不安そうな顔でぺこりと頭を下げた。

夕刻、権造一家の代貸五郎造が三下《さんした》を連れて金兵衛長屋に姿を見せた。

「浪人、泥亀の巣が分かったぜ」

「かたじけない」

「深川十万坪の埋立て地、砂村新田に近い葦原《あしはら》の水辺の小屋が隠れ家だ。江戸所払いの米次たちは市中に住めねえのよ。十万坪は広いが、目印はひょろりとした五本松だ。松の下には野仏が鎮座ましましてらあ」

「助かった。このとおりだ」

磐音は頭を下げた。

「今日はえらく殊勝だな、浪人」

と笑った五郎造が、

「泥亀の野郎、懐に飛び道具を忍ばせているそうだぜ」

「短筒《たんづつ》かな」

「いや、火箸《ひばし》だそうだ」

「火箸投げか、聞いたこともないな」

「突き立てられて目が潰れた者が何人もいるってえ話だ」

「よいことを聞いた」

「親分の伝言だ。泥亀をきっちり始末してくれってな」

「承知した」

五郎造らが長屋から消えた。

磐音はしばらく考えた末に外出の仕度を整え、宮戸川に向かった。


坂崎磐音は四つ（午後十時）の時鐘を、十万坪の西を占める肥後熊本藩五十四万石細川越中守の町屋敷近くを流れる運河で聞いた。

宮戸川の鉄五郎親方が都合した猪牙舟の櫓を品川柳次郎が握っていた。

深川十万坪は宝永《ほうえい》年間（一七〇四～一一）に江戸市中から排出した芥《ごみ》の埋め立て地だ。それを享保八年（一七二三）に近江屋庄兵衛《おうみやしょうべえ》と井籠屋万蔵《いかごやまんぞう》が新田開発を幕府に願って造成した、広大な新地である。

江戸藩邸の勤番侍だった磐音には、茫漠《ぼうばく》たる十万坪がどうなっているのか見当もつかない。そこで本所深川に生まれ育った品川柳次郎の助けを借りた。

「しかし、坂崎さんの周りではいろいろと騒動の種が尽きませんね」

蒼《あお》い月が十万坪を囲む運河を照らしつけていた。

「それがしが望んだわけではないが」

猪牙舟は東から南へと運河に沿って方向を転じた。

左手には砂村新田が黒々と広がっていた。

「五本松が、ほれ、右手に見えてきました」

小島のように盛り上がった岡に痩せ松が五本浮かんで見えた。

「あの明かりですね」

柳次郎が指したのは、五本松の脇から葦原を西に突っ切って伸びる水路の先に、明かりを洩らした一軒の小屋だ。

「泥亀なんてよく言ったもんだ。泥水のそばに住んでやがる」

「江戸所払いの身ゆえ、市中に住むことはできないのだろう」

「十万坪だって江戸の内だ。もっとも、この界隈を江戸だなんてだれも思っちゃいませんがね」

「品川さん、舟を五本松の下に着けてください」

「手伝いましょうか」

「幸吉の命に関わることだ。こればかりはそれがしの仕事です」

磐音のせいで幸吉は不運な目に遭っていた。

無灯火の猪牙舟が五本松の下の岸辺にぶつかって止まった。

「いつでも漕ぎ出せるようにしておきます」

「頼みます」

磐音は腰を捻って包平を落ち着けると舟から陸に飛んだ。

五本松の下には野地蔵があった。

泥亀一味が潜む一軒家は葦原の水辺に建っている。

磐音は慎重に地形を見定めたあと、枯れた葦原の中に踏み固められた小道を選んだ。

「そろそろ刻限だぜ」

磐音が米次の声を耳にしたのは、泥亀一味の舟のそばだ。

「小僧を舟に乗せな」

小屋の戸が開いて、小太りの男が幸吉を肩に担いできた。

磐音は包平を鞘ごと抜くと舟のかたわらに屈《かが》んで待った。

「ちくしょう、餓鬼のくせにえらく重てえぜ」

幸吉は猿轡《さるぐつわ》でもかまされているのか、くぐもった息が洩れてきた。

男が幸吉の体を舟の中に転がそうとした。

磐音が立ち上がったのはそのときだ。

「うっ！」

驚く男の鳩尾《みぞおち》に包平の鐺《こじり》が突き込まれた。

男が幸吉を担いだまま頽《くずお》れた。

磐音は肩から落ちかけた幸吉を抱き止めた。

が、男は舟縁《ふなべり》に体をぶつけて倒れ込み、音を立てた。

磐音は猿轡を解くと、

「幸吉、大丈夫か」

「ああ、浪人さんなら助けに来てくれると思ったぜ」

「よし、小道を走れ。五本松の下に品川さんが猪牙舟を着けておる」

磐音は幸吉の尻を叩いて五本松の柳次郎のもとへ逃がした。

明かりが小屋から走った。

「ちくしょう、野郎のほうから押しかけてきやがったぜ」

泥亀の米次の声がして、小屋からばらばらと男たちが飛び出してきた。

その数は五人だ。

右手を懐に突っ込んだ米次が最後にのっそりと小屋から出てきた。

磐音は両手を腰に当てた格好で迎えた。

「気にくわねえ野郎だぜ」

ぼそりと言う米次の言葉を合図に、男たちが匕首を抜いた。

どれも刃物が手に馴染んだ男ばかりだ。それに血に飢えた生き方が察せられた。

「泥亀とはまた奇妙な名をつけたものだな」

磐音の声は長閑に響いた。

それが米次を苛立たせた。

「米次、このまま江戸を引き払わぬか」

「けっ」

吐き捨てた米次が懐手のまま、仲間を肩で掻き分けて立った。

磐音との間合いは五間。

小屋からの明かりを背に受けて、米次の顔は暗く沈んでいた。

「たびたび虚仮《こけ》にされたんじゃあ、稼ぎに差し障らあ。死んでもらうぜ」

米次は一歩二歩進むと懐の手を音もなく抜いた。抜いた手に小ぶりの火箸が光って見えた。切っ先が鋭く磨かれている。

同時に、磐音の腰に当てられていた手が袴の背に回っていた。

火箸が飛び、磐音の手から小出刃が抛《なげう》たれた。

二つの飛道具は最短距離の生死の境を飛んで中間で絡み合い、小出刃が火箸を水面に弾き落とした。

「ちくしょう！」

米次は懐に手を入れてもう一本の火箸を抜こうとした。

が、袴の背の小出刃を磐音が摑んだのが先だった。

手が捻られ、小出刃が飛んで、火箸を抜き取った泥亀の米次の喉元に突き立った。

のけ反った米次は、
ぐうっ！

という声を洩らすとずるずると後退していき、尻から砕けるように水辺に落ちた。

磐音が投げたのは、宮戸川で刃が細り使わなくなった古出刃だ。それを鉄五郎親方から貰ってきたのだ。

「やりやがったな！」

仲間の一人が声を上げたとき、備前国大包平二尺七寸を抜き放った磐音が、血《ち》腥《なまぐさ》い仕事に明け暮れてきた男たちの輪の中に疾風のように飛び込んでいった。

駿河台の坂に蒼い月明かりが落ちていた。

寒夜が戻っていた。

夜空に遠く稲妻が光っていた。

寒雷だ。

風が坂上から坂下に緩く吹いていた。

じっとしていれば手がかじかむほどの寒さだ。

最晩年、駿府《すんぷ》に隠棲《いんせい》していた家康が亡くなったあと、従っていた家臣たちが江戸に戻って与えられた拝領地が駿河台である。

豊後関前藩六万石の上屋敷は駿河台富士見坂の北側、旗本屋敷に囲まれるようにあった。

表門から御城に向かって南に下ると、右手に常陸土浦藩《ひたちつちうら》九万五千石の、左側には山城淀藩《やましろよど》十万二千石の上屋敷が向かい合っていた。

富士見坂の途中に大銀杏《おおいちょう》の木があった。

坂下から上がってくる関前藩の者は、木を過ぎればわが藩邸の塀と目印になった。

葉を落とした大銀杏の木の下で坂崎磐音が徹宵を始めて三晩目、ようやく坂下に探し求めていた影を認めた。だが、その影には提灯を手にした連れがあった。

小者か若党を連れているのか。

(どうしたものか……)

迷った。

が、提灯の明かりに照らし出されたのは御徒組の黒河内乾山だ。

おそらく上野伊織の尋問の席に同席した一人で、磐音の長屋に忍び込み、置き文を残した人物であろう。

坂崎磐音は大銀杏の幹から一歩踏み出した。

それは磐音の、豊後関前藩を専断する宍戸派への、戦いの一歩であった。

提灯の明かりが揺れて、二人の足が止まった。

「さ、坂崎磐音」

黒河内が驚きの声を上げた。

「御手廻組入来為八郎、そなたの裏切りは許せぬ」

五尺四寸のがっちりした体の上に猪首が乗っていた。

外股の足が静かに開かれて臨戦態勢をとった。

「上野伊織を拷問の上、得意の突きで刺し殺したは、昔の修学会の仲間、入来為八郎だな」

「坂崎磐音、何をもってそのように言いがかりをつける」

「突き傷がなによりの証。それに、鉄砲洲の料亭でそなたが早々に退席するのを見ておった。あの折り、宴に出るべき者で欠席したのは御番組小頭三田村平とそこなる黒河内乾山の二人。そなたは三田村、黒河内と謀《はか》って伊織を殺し、わが長屋近くの六間堀に捨てた。それがしに警告するためにな」

入来為八郎から舌打ちが洩れた。

「警告の答えを持参した。ご両者の命、いただく」

入来が草履を跳ね飛ばして足袋《たび》はだしになった。

剣を抜いて、正眼に構えた。

「黒河内、明かりをしっかりと持っておれ！」

入来為八郎が命じた。

凡庸《ぼんよう》だが粘り強い攻撃。

一瞬でも手を抜けば必殺の突きに見舞われる。

黒河内は提灯を手にただ立っていた。

磐音は備前国包平を相正眼にとった。

ふたたび西空が光った。

「坂崎、そなたは幼馴染みの小林琴平を討ち取ったそうじゃな。その腕前、見てつかわす」

入来為八郎が磐音に動揺を与えようと国表の戦いに触れた。

「琴平とは剣士と剣士が魂をぶつけ合った尋常の勝負でござった。そなたのように仲間を裏切り、抗《あらが》うことができないものを死に至らしめる人殺しではござらぬ」

「おのれ！」

低い姿勢から入来為八郎が突っ込んできた。

正眼の剣が磐音の右肩を襲った。

磐音の包平が弾いた。

入来はそのことを承知で胴抜きに移行させた。

それも擦り合わせて防ぐ。

神保小路の佐々木玲圓道場、その兄弟弟子の対決だ。いずれも手の内を知り尽くしていた。

「居眠り剣法では人は斬れぬわ、磐音」

粘り強い攻撃の連鎖に付け入る隙はない。

磐音はただ相手の動きに先んじて刎ねた、弾いた、合わせた。

富士見坂の上から下へ戦いはゆっくりと移動していく。

寒夜の坂に生死を賭けた鬩《せめ》ぎ合いが展開された。

黒河内の持つ提灯も死力を尽くす掛け引きを照らして動く。

入来為八郎の酒臭い息が弾んできた。

反対に磐音は山深く水を湛《たた》えた湖面のように静寂を保った。

入来のほうが連続打ちに倦《う》み飽きた。

包平を叩き割る勢いで小手に落としたあと、包平の刃と絡み合わせながら体勢を入れ替え、間合いの外に走り出た。
磐音は追わなかった。
その場にとどまり、再び二尺七寸の長剣をゆっくりと正眼に戻した。
間合いは二間。
入来為八郎が腰を沈め、剣を突きの構えに移した。
「入来為八郎の突き、拝見いたそうか」
「坂崎磐音、大言もそこまで……」
息を鎮めた為八郎が動いた。
切っ先が磐音の喉元に向かって迷いなく伸びてきた。
磐音は正眼の構えを八双へと上げながら走った。
二間の間合いは一瞬の裡《うち》に死地に入った。
為八郎は磐音の居眠り剣法が一段目を受け流すことを承知していた。
生死の境で手元に引き寄せ、二段目に必殺の突きを送り込もうと動いた。
磐音は受けの剣を捨てていた。
八双に移された長剣がそのまま雪崩《なだ》れるように斜めに落ちた。
「ううっ」

為八郎は引き寄せた剣を再び伸ばそうとした。

その瞬間、包平の大帽子《きつさき》が為八郎の左首筋の頸動脈を刎ね斬った。

血飛沫が大きく円弧を描いて寒夜に散った。

磐音の包平はさらに、為八郎の必殺の突きを支えた両腕を切断していた。

どさり！

横倒しに為八郎が倒れたとき、黒河内が提灯を投げ出して逃げ出そうとした。

磐音が俊敏に動くと、

「上野伊織の仇じゃ」

と背中を深々と裁ち割った。

黒河内乾山は前屈みに崩れ落ちた。

寒風が富士見坂の上から吹き下ろしてきて、地面に落ちた提灯の明かりを燃え上がらせた。

春雷が光って、大銀杏の枝が、夜空に羽を広げた怪鳥のように浮かび上がった。

磐音は豊後関前藩の上屋敷を眺めた。

提灯が燃え尽きる前、一瞬、屋敷の大屋根を浮かび上がらせた。

そしてゆっくりと闇に沈んでいった。

磐音は血振りをくれると、

（伊織、仇は討った）

と心の中で叫んでいた。

だがそれは、坂崎磐音が一人挑む豊後関前藩宍戸派との、孤独な戦いの序章にすぎなかった。

佐伯泰英

特別対談

「磐音は最高のユートピアだ！」上

映画「居眠り磐音」今津屋吉右衛門役

谷原章介

映画「居眠り磬音」が二〇一九年五月十七日に公開される。佐伯泰英作品で初の映画化となった本作。小説『居眠り磬音』でも随所で存在感を発揮する両替商・今津屋吉右衛門を演じた谷原章介《たにはらしょうすけ》は、佐伯作品の熱心な読者でもある。映画公開と決定版刊行開始を記念して、二人の対談が実現した。

佐伯　先日、試写で映画を拝見しました。この作品はＮＨＫでドラマにもなっていますが、映画は映画らしい、たいへん迫力のある仕上がりだと感じました。

谷原　作品の世界観は壊れていませんでしたか？

佐伯　壊れてません！　むしろ、原作に忠実にすくい取ってもらった。僕は、映像は小説とは別のものだと思っているので、もっといじってもらってもよいと考えていますが、監督の本木（克英）さんや脚本の藤本（有紀）さんが驚くほど忠実に映像化してくださった。一方で映画でしか表現できない部分もたっぷりと味わえました。

谷原　それを聞いて、ほっとしました。やはり役者の視点で言いますと原作というのはある程度無視をして、飛躍しないといけないという思いはあるんですけれども、一原作ファンの人間としては、「いやいやこの大事な『居眠り磬音』の世界観を守ってくれ」という、ジレンマがけっこうあったんです。ここまで好きな作品の映像化に出させていただくということはなかったので。ただ、台本を読んで、原作をギュッと縮めただけでなく、違和感なくストーリーが繋がっていると思えたので、気持ちよく演じさせていただきました。

谷原　谷原さんは、僕の小説を読んでくださっているそうですね。

佐伯　ええ。亡くなった児玉清さんに薦めていただいたのがきっかけで読み始めて、もうずっと、没頭して読んできました。

佐伯　僕は、児玉さんがお亡くなりになる晩年の五年ほど、深いつながりを持ったお付き合いをさせていただきました。二〇〇六年に、あるイベントからの帰りの電車で児玉さんと話したことがあるんです。その時、ちょうど『居眠り磐音』のドラマ化の話がきていて、どうしようかと思案していたら「ああ、それはよかったね。僕はあれが演りたいなあ、今津屋の由蔵（老分番頭）になりたいなあ」とおっしゃって。あれから十三年ですか。ドラマを経て映画という形になった。児玉さんは二〇一一年に亡くなられて、演じてもらうことはできなかったけれど、ご親交のあった谷原さんが今津屋吉右衛門を演じてくださった。感激しています。

谷原　児玉さんとは「トップキャスター」（二〇〇六年放送）というドラマで初めて共演させていただいたんです。児玉さんて休憩時間にちょっとふらっと出て行っては両手に紙袋を下げて帰ってくるんですよ。「何買っているんですか」と聞くと「本だよ」と。尋常じゃない量なんですね。フランス語の原書から時代小説、ちょっと硬めのノンフィ

「しっかり睨みをきかせた吉右衛門。
静なる存在を表現する必要がある。
難しい役だったのでは……」

クションも。「読めるんですか、これ全部？」と言ったら、「もうペラッと読んじゃう。僕一日に二、三冊くらい読んじゃうから」というようなことおっしゃって。

佐伯　蔵書で家の床が沈むほどの愛書家でしたからね。

谷原　「どんなジャンルを読むんだい？」なんて言われて、「探偵小説も読みますし、時代小説も読みますし……」「お、時代物読むの？」「ある程度は……」と言ったら、「お薦めのがあるんだ。僕はね、今この時代小説にはまっているんだよ。佐伯泰英さんの『居眠り磐音　江戸双紙』、絶対面白いから読んで」と言われたのが、いまは無き渋谷ビデオスタジオなんですよ。それからどっぷりはまりました。

佐伯　そんな嬉しい言葉はないです。

谷原　児玉さんは由蔵とおっしゃってたようですが、僕は吉右衛門の方が絶対に似合うと思うんですよ、児玉さんは。

佐伯　そうなんですよ！

谷原　ええ。ですから僕、吉右衛門役のお話をいただいた時に、名代と言うとおこがましいんですけれども、児玉さんの代わりに演らせていただくような感覚がありました。

佐伯　あの頃、児玉さんからよく、谷原さんの話を聞きましたよ。「まだ独り者なんだ」なんて心配もしていて。

谷原　ハッハッハ！　その後、僕も結婚しました（笑）。

佐伯　実の息子さんのようなお気持ちで接していらっしゃいましたね。

　今回「居眠り磐音」で谷原さんが今津屋吉右衛門を演じられる、いやあ、児玉さんが「良かったね」と言ってくれる気がするんですよね。なんだか親子ではないんだけれど、二代にわたってお付き合いいただいた感じが私はいたしましてね。ぜひ谷原さんとお話をしてみたいと思っていたんです。

谷原　感謝しかないです、本当に。僕らの思う吉右衛門さんは鬢《びん》に白が交ざっているぐらいのイメージだったんですよ。でも今回は全然鬢に白が交ざらなかったので、佐伯先生からしたら若すぎると思われているのではないかと少し不安もありました。

佐伯　そんなことないですよ。谷原さんの吉右衛門、実によかったですよ。

谷原　ありがとうございます。時代劇といえば、侍の役がこれまで多かったですが、今回は町人。両替商は初めてでした。

佐伯　吉右衛門は大店《おおだな》の主。まあ、大番頭である由蔵の方が、キャリアがあるにはあるんだけど、やはり吉右衛門がしっかり睨みをきかせている。静なる存在を表現する必要がある。ものすごく難しい役だったのではないかと……。

谷原　そうですね。動きがないですからね。どしっとしていると言いますか、柄本明さんが演じた（敵対する両替商の）阿波屋さんとの対比というのは、すごく意識しました。柄本さんがとても素晴らしく、濃厚な、匂い立つようなお芝居でしたので（笑）、あそこまで縦横無尽に自由にやられて、僕はいかにどんと大人しく座っていられるかだなと思っていました。

佐伯　柄本さんの熱演には誰も太刀打ちできませんよ（笑）。

谷原　うずうずはするんですよ。役者ですから、次は仕掛けようかな、みたいに思うんですけれども、泰然自若としていようと決めました。「春先の縁側で日向ぼっこをしている年寄り猫のよう」と評された磐音の剣法じゃないですけど、僕の吉右衛門もにこやかに、春風のような感じでいつも佇んでいたいなと。

佐伯　それでよろしいんじゃないでしょうか。大店の主らしい、佇まいでした。

今津屋と阿波屋の二大両替商は、南鐐二朱銀《なんりょうにしゅぎん》をめぐって対立するわけですけど、あの説明、書いていてもややこしいけど、映画で説明するのも大変でしたでしょう。

谷原　あれは無味乾燥な台詞ですからね、きちんと説明するための。でもそのかわり、あの説明をいかに見ている方にすとんと腑に落ちさせるかということで、この物語の面白さがだいぶ変わってきますから、とても大切な台詞です。

佐伯　変わってきます、変わってきます。だから本木さん、よくあそこまで江戸時代の為替相場を分からせてくださったなと、私は感心しました。

谷原　そうです。それから僕としては、今回、田沼意次がなんだか味方みたいな感じに

「違和感なく台本のストーリーが繋がっていたので、気持ちよく吉右衛門を演じました」

なっていまして。

佐伯　味方なんです！　味方なんですよ！　この時点では。

谷原　後々、敵方になるじゃないですか。その違和感が、原作の読者としては、うーん？　っていう（笑）。

佐伯　違和感をなくすのが五十一巻！　言い訳してますけど。

谷原　この先をまだ読んでいない方と、読んだ人間で感じ方も違う。そこも面白いですね。

佐伯　田沼意次親子の存在があったがゆえに五十一巻まで走っていけたというところもありますね。

谷原　じゃあ、僕たちが長く「磐音」を楽しめたのは、意次さんのおかげでもあるわけですね。でも、一ファンとしては、ここら辺では田沼さん側にいるんだ僕は、と不思議に思うけれど。

佐伯　そうです、今津屋さんは映画で描かれている時点では田沼側なんです。あの強烈な阿波屋有楽斎が亡くなった後、悪い役は田沼さんが引き受けて。

谷原　そういうことですね。もしこの「居眠り磐音」が好評を博し、みなさんのおかげで第二弾ができることになった時には、悪い田沼が出てくるかもしれない、ということですね。

佐伯　かもしれませんね（笑）。

谷原　小説『居眠り磐音』はこれから五十一巻、すべて〈決定版〉が出ていくわけですね。

佐伯　はい。二〇二一年の春先まで、二年以上かけて出ることになります。

谷原　五十一巻、全て刊行したあかつきには、新作もあるかもしれない……。

佐伯　どうでしょうか。新作書いて悪いわけじゃないだろうし、自分の頭の中でアイデアが形になった時には……。二十七歳の、あの関前での悲劇の日からずっと磐音を書いてきた。僕も八十に手が届くような歳になってきて、そうした年齢を意識し始めた磐音を書くのもいいのかな、という気持ちもあります。藤沢周平さんの『三屋清左衛門残日録』みたいに。

谷原　そうですね。人間みんな歳を取っていくんです。

佐伯　まだまだ。老いていく……僕はいま四十六歳で。

谷原　まだまだ元気ではあるのですが、徐々に意識すると言いますか。八十一歳の父親と一緒に暮らしているんですね。父がだんだん弱っていくのを見ると、ああ、僕もやがてこうなっていくのかなと、日々自分の老いのことも考えていくようになっています。

佐伯　書かなきゃいけないのかな。

谷原　読者としては、読みたいです。すごく読みたいです。

佐伯　これはもう、ただの妄言に終わるかもしれない（笑）。

谷原　磐音が歳月を重ねていく心の動きというのは読みたいですよ。磐音は、ただ単に剣が強いだけではなくて、相手を斬りながら、どこか自分の心にも傷を負っているようなところがある。ただ相手を打ち負かす刀の魔力にとり憑かれて人を斬り倒しているような人ではない。僕は、彼の剣の強さよりも内面の強さに魅力を感じます。

佐伯　磐音の剣術の師である佐々木玲圓は、君は刀を抜いて人を斬った、命を奪った、それだけの意味があってのことかと彼に問うわけです。僕のなかで時代小説は活劇をピークに持っていくものだと思っていたけれど、巻を重ねていくうちに、それは見せ場のひとつではあるが、すべてを解決するものではないと感じるようになりました。刀を木刀に替えたり、できるだけ刀を抜かない磐音が出来てきたように思いますね。いや、でも、映画の殺陣《たて》のシーンは実に迫力がありました。

谷原　吉右衛門の目の前で、磐音がならず者と斬り合うことになるシーン。二日がかりで撮ったんですけれども、（松坂）桃李君と目力のある悪役の立ち合いはすごかったですね。見応えがありました。今回の映画には諸鍛冶（裕太）さんという方が殺陣師で入っていらっしゃいます。僕が昔からお世話になっている方で、ただ単にチャンチャンチャン、グサッてやるのではなく、剣の斬る意味とか、どういう気持ちでこれを斬ろうとしているのかみたいなところまで、役者にすごくグーッと意味を入れる方なんですね。

劇中での戸板越しにグサッと刺された後のやりとりを観ても、一太刀、一太刀すごく気持ちが乗っている。実に緊迫感溢れる殺陣になっています。

佐伯　時代小説、時代劇で、殺陣の意味ってただ人を斬って血を流させる、死に至らしめるということじゃなくて、戦に至る過程の中にあるんでしょうね。

谷原　今回の映画でも、磐音は「先《せん》の先」をとるよりは「後《ご》の先」で、なるべく斬りたくないという気持ちがその一太刀、一太刀に表れているように感じました。悪役たちの弾けた演技も僕、大好きなんですが（笑）、磐音はあくまで精悍に、最後にはバン！と正眼でもって叩き斬るあの感じ、素敵ですよね。チャンバラをダメだとは思わないのですけれども、今回みたいに、一太刀の重みを感じる殺陣というのは、観客に緊張感が伝わってきますよね。

佐伯　これは映画ならではの表現ですね。松坂さんも、初めての時代劇主演とは思えない。

谷原　ええ、そうですね。桃李君と、それと琴平役の柄本佑君も圧巻の殺陣でした。

佐伯　この作品を選んでいただいて、もう幸せですね。本当に幸せです。

谷原　いや、そう言っていただいて、僕らが本当に幸せでございます。

（三巻に収録の〈下〉に続く）

本書は『居眠り磐音　江戸双紙　寒雷ノ坂』（二〇〇二年七月　双葉文庫刊）に
著者が加筆修正した「決定版」です。
編集協力　澤島優子
地図制作　木村弥世
DTP制作　ジェイ　エスキューブ

文春文庫

寒《かん》雷《らい》ノ坂《さか》

居眠《いねむ》り磐音《いわね》（二）決定版《けつていばん》

定価はカバーに表示してあります

2019年3月10日　第1刷

著　者　佐《さ》伯《えき》泰《やす》英《ひで》

発行者　花田朋子

発行所　株式会社 文藝春秋

東京都千代田区紀尾井町3-23　〒102-8008
TEL 03・3265・1211㈹
文藝春秋ホームページ　http://www.bunshun.co.jp

落丁、乱丁本は、お手数ですが小社製作部宛お送り下さい。送料小社負担でお取替致します。

印刷製本・凸版印刷

Printed in Japan
ISBN978-4-16-791239-0

⑯ 螢火ノ宿 ほたるびのしゅく
⑰ 紅椿ノ谷 べにつばきのたに
⑱ 捨雛ノ川 すてびなのかわ
⑲ 梅雨ノ蝶 ばいうのちょう
⑳ 野分ノ灘 のわきのなだ
㉑ 鯖雲ノ城 さばぐものしろ
㉒ 荒海ノ津 あらうみのつ
㉓ 万両ノ雪 まんりょうのゆき
㉔ 朧夜ノ桜 ろうやのさくら
㉕ 白桐ノ夢 しろぎりのゆめ
㉖ 紅花ノ邨 べにばなのむら
㉗ 石榴ノ蠅 ざくろのはえ
㉘ 照葉ノ露 てりはのつゆ
㉙ 冬桜ノ雀 ふゆざくらのすずめ
㉚ 侘助ノ白 わびすけのしろ
㉛ 更衣ノ鷹 きさらぎのたか 上
㉜ 更衣ノ鷹 きさらぎのたか 下
㉝ 孤愁ノ春 こしゅうのはる
㉞ 尾張ノ夏 おわりのなつ
㉟ 姥捨ノ郷 うばすてのさと
㊱ 紀伊ノ変 きいのへん
㊲ 一矢ノ秋 いっしのとき
㊳ 東雲ノ空 しののめのそら
㊴ 秋思ノ人 しゅうしのひと
㊵ 春霞ノ乱 はるがすみのらん
㊶ 散華ノ刻 さんげのとき
㊷ 木槿ノ賦 むくげのふ
㊸ 徒然ノ冬 つれづれのふゆ
㊹ 湯島ノ罠 ゆしまのわな
㊺ 空蟬ノ念 うつせみのねん
㊻ 弓張ノ月 ゆみはりのつき
㊼ 失意ノ方 しついのかた
㊽ 白鶴ノ紅 はっかくのくれない
㊾ 意次ノ妄 おきつぐのもう
㊿ 竹屋ノ渡 たけやのわたし
51 旅立ノ朝 たびだちのあした

書き下ろし〈外伝〉

① 奈緒と磐音 なおといわね